Né en 1956, Jean-Marie Gourio écrit pour différents journaux comme *Charlie Hebdo* et *Hara-Kiri*, dont il est rédacteur en chef adjoint. À la télévision, il est scénariste pour de célèbres émissions d'humour comme *Merci Bernard*, *Palace*, *Les Guignols de l'Info* et *Les Nuls*.

Publiées depuis 1987, ses *Brèves de comptoir* connaissent un grand succès et ont reçu deux fois le Grand Prix de l'Humour noir. Elles sont adaptées au théâtre par Jean-Michel Ribes.

Jean-Marie Gourio

LES NOUVELLES BRÈVES DE COMPTOIR

Tome 1

Robert Laffont

TEXTE INTÉGRAL

ISBN 978-2-7578-2133-6
(ISBN 978-2-221-10943-4, 1re publication)

À Manu Chao et sa bande.

CAFÉ BLING BLING !

« Pour nous, le Bling Bling, c'est pas Sarkozy,
c'est les bouteilles qui font Bling Bling
dans le cabas ! »

Depuis l'année 1987, je me balade de café en troquet, de bistroquet en rade, pour écouter les petites phrases que se disent les gens accoudés aux comptoirs. Des petites phrases telles que cette magnifique pensée de comptoir sur le Bling Bling de Sarkozy et sa prétention de bazar qui fait d'un coup pâle figure face au Bling Bling réfractaire du cabas. Le quotidien mis en mots colorés, ronds, enthousiastes, vengeurs, avec une gourmandise pareille à celle du gamin qui cueillerait le long d'un chemin une poignée de fraises des bois et la brandirait, comme un devoir rempli, sous le nez de l'instituteur ! Bling Bling des verres qui s'entrechoquent, quand on trinque à l'amour, à l'amitié. Quand on fête la réussite de la gamine au bac. Quand on a retrouvé du boulot. Quand on veut faire plaisir. Quand on est joyeux. Ces Brèves sont une manière de résistance au Bling Bling des Rolex et des rivières qui ne sont pas poissonneuses et glougloutantes mais seulement de diamants. Résistance espiègle à la vie moche, à la vie triste, à la vie difficile quand tout vous guette au-dehors. Mais ces Brèves sont aussi un formidable éclat de rire pour exprimer le plaisir duveteux d'être en vie, présents et debout. Nous tous ensemble accoudés. Moments buissonniers. Quand les gens affairés passent devant le café. Et que nous, restons plantés là. Verticaux, mais pas tous. À causer. De tout. De rien. À déconner. Le vide. Le plein. À se plaindre ! Quel plaisir ! Vu le prix de l'essence, faudrait la servir avec des biscuits à champagne ! À rêver. À boire. Épaule contre épaule. Gaieté contre gaieté. Peine contre peine. Rêve contre rêve. Vive fraternité de comptoir. Fraternité tout court. Douceur. Tendresse. Espoir et désespoir. Nous y jouons des rôles. Ces jeux nous sauvent du noir. Du noir profond. Qui vient de loin. Qui vient d'être né seul, peut-être. Dans une maternité, couleur d'hôpital. Il faudrait directement naître dans la cour d'une petite école ! Ce serait joli. Commencer sa vie, première heure, récréation ! à jouer au foot et marquer des buts entre deux cartables ! Qu'en pensent les mamans ? Les papas ? Les enfants ? Les arbres et les chiens ? Qu'en pensent les cailloux ? Qu'en pensent les zincs ? Les zincs pensent que nous tous accoudés vivons ensemble l'espace d'un comptoir. Long. Long comptoir qui peut durer la vie ! C'est pas si mal ! Je bois. Tu bois. Il boit. Nous parlons. Vous parlez. Ils rêvent ! Je rêve. Tu vois. Il croit. Nous vivons. Vous riez. Ils s'aiment. Je suis. Tu penses. Ils rient. Nous allons. Vous revenez. Ils reboivent. Je bois. Tu bois. Il boit. Nous parlons. Vous parlez. Je rêve.

L'homme en pantalon de treillis s'est fait tuer son chien par une voiture. Il l'a retrouvé sur le bord de la route. Il a pleuré. Le soir de l'accident, il a dormi avec son chien mort dans les bras. Emballé dans du plastique. Il a pleuré encore. Tout ça n'est pas vraiment triste. C'est étrange, doux et mystérieux. Il a pleuré suffisamment fort pour que cela nous marque durablement. Et puis il a repris un chien. Un jeune chiot. Noir. Avec du blanc pur sur le poitrail. Des pattes courtes. De longues griffes neuves. Des grandes oreilles pendantes, les yeux surpris. Le petit chien dort sous le tabouret du bar. Deux cent cinquante grammes de sommeil, allongés sur le carrelage frais. Et des pieds, tout autour de lui. Sur deux rangs. Les mecs boivent. Le chien se sent bien. Personne ne marche sur les pattes allongées du petit chien. À droite, des pieds nus. Le buveur a enlevé ses chaussures. Il est souvent pieds nus. Dans la rue. Dans les bars. Il boit du vin blanc. Il ne marchera pas sur le chien avec ses pieds nus. Ces pieds nus rassurent le chien. Cet homme est un homme qui aime marcher dans les rues pieds nus, et ce chien est un chien endormi sur le sol frais. À ce moment de sommeil du chien et de douceur des pieds nus, les choses sont claires, précises. Visibles. Pures. Et puis sur la gauche s'ajoute à l'image la puissance d'une paire de chaussures lourdes. Des pompes de sécurité. Ensuite, tout près de cette masse de cuir épais griffé, les chaussures crème légères d'une dame. Elle a posé un pied sur l'autre. Des pieds l'un sur l'autre qu'aurait aimé caresser Calaferte. Venez boire avec nous, monsieur Calaferte ! Ils boivent. Ils parlent. Le chien rêve. Il agite ses pattes. Il court. Il vole, peut-être. Les chiens font-ils des rêves de vol et les oiseaux font-ils des rêves de promenade à pied ? Un jour, peut-être, le comptoir nous le dira. Revenez boire avec nous, Bohumil Hrabal. Une bière ? Un buveur parlera du rêve des chiens et de celui des oiseaux. Ce sera inattendu. Il faut être là. Au bout du comptoir, ce jour où l'assoiffé parlera du rêve des chiens. Il n'y a rien d'autre à faire qu'être là. Assister à ce petit moment révolutionnaire. Quand l'homme un peu saoul explique le rêve des chiens. Il ne se passe rien. Venez boire avec nous, monsieur Primo Levi… Le pouvez-vous ? Venez vous saouler avec nous ! Les jambes de la dame sont jolies. La peau n'est pas douce. La peau a longé les comptoirs de bois, combien de fois, combien de bois ? Venez boire avec nous, Christie Gun, et votre petit frangin noyé, venez picoler avec nous, Erri De Luca, tranquille, venez écouter parler ce jeune maçon, le facteur, le routier, le couple de chômeurs… Le chien respire doucement, il tend ses pattes avant, comme s'il repoussait quelque chose, quoi ? Venez regarder le chien qui dort au pied du comptoir, aux pieds des gens, avec nous, reviens boire un verre, Sagan, ça serait joli, on déconne, installe-toi, douce, fragile, cassée, douloureuse, entre le vieux pêcheur et la petite coiffeuse, ça y est, ils parlent maintenant des orages, des nuages à grêle qui se développent en hautes colonnes blanches, grises à la base, grises au sommet, ce poème permanent, cette connerie parfois, cet amour, cette fraternité, viens boire avec nous, Agota Kristof… Le chien a tremblé un peu, les mots sur l'orage, les mots sur la guerre, les mots sur les morts en Chine… Un jeune homme en bermuda blanc parle de marmottes, tous ces mots flottent et tombent sur le chien. On voit là-haut les bras qui s'agitent et font un petit vent. On aperçoit des mains qui frôlent le bord du zinc. Grands papiers qui volent dans l'air du bar. Les épaules qui se touchent. Et les heures qui passent. Virginia Woolf approche. Elle entend les voix. Elle boit. Elle tombe près du chien. Le visage de Virginia Woolf contre le museau du chien qui dort. Elle saigne un peu du nez. Un monsieur entre. Il marche sur Virginia Woolf. Le chien soupire. L'homme s'installe à gauche de la dame aux mollets jolis. Il est nerveux. Un acide. Après avoir commandé sa bière, il dit que ça ne peut pas durer comme ça et que de toute façon la terre va s'arrêter. Déjà qu'on sait pas l'heure, dit l'autre, si en plus la terre s'arrête ! La femme sourit. L'acide sourit. La patronne se tourne. À la radio, loin, c'est Lou Reed. Le comptoir est tiède. La main de la dame glisse sur le métal. Un verre tombe et se brise. Le chien sursaute et remue la queue. Puis repose la tête sur le carrelage frais. Le verre tombé donne du vent à la conversation, les pales se mettent à tourner, comment les choses se cassent ? Comment les choses ne se cassent pas ? Les assiettes. Les jambes. Les projets. Les envies. Les amours. Les biscottes. Virginia Woolf disparaît dans le carrelage. Elle disparaît dans le chien. Qu'est-ce que tu bois ? C'est le nouveau rentré qui parle. L'homme, à sa droite, dit : pareil ! Il boit pareil. Une minute et un pareil. Une heure et un pareil. Une vie et un pareil. Dans le même verre. Le pareil et la vie comme deux alcools. Le vin fait son travail. Les buveurs maintenant ont envie de rire. Depuis quelques jours il fait beau, il fait chaud. Les joues brillent. Les yeux brillent. La pointe aussi des dents du chien lance des éclats. De minuscules étincelles blanches entre ses babines retroussées. La langue pendante. Il respire vite. Ses rêves de vol dans les nuages l'ont essoufflé. A-t-il coursé les anges ? bondi sur eux, à travers les feuillages de grêle ? Leur a-t-il mordu le cul ? Les anges ont les fesses lisses et rebondies, glabres de plumes, des fesses à chien. Chez les facteurs, ce sont les mollets que les chiens aiment. Les facteurs n'ont pas les fesses rebondies des anges. Par contre, la casquette des facteurs est plus jolie. Il a quelques lettres posées près de lui, ce ne sont pas vraiment des lettres, disons qu'on ne peut pas savoir ce qu'il transporte, c'est un facteur. Il porte des factures. Des objets. Il porte des fois ce que les gens disent à d'autres gens. Nantes. Cassis. Strasbourg. Biarritz. Et puis, épaule contre épaule. La bille de verre. Le chien dort. Comme un centre de la bille en verre. Le comptoir chavire. L'homme aux pieds nus balance d'avant en arrière. Le bar bouge. Le comptoir bouge. Ce n'est pas une idée inventée par ceux qui boivent, qui sont là, qui attendent, ce n'est pas une idée des anges qui chercheraient à se venger des crocs du chien dans leurs fesses. C'est un balancement. Lent. Sur la respiration du petit chien. Dans la bille en verre. Ce qui est dans ce livre est contenu dans la bille en verre d'un gamin. Il l'a dans sa poche. Son père le prend par la main. Le gamin suit son père qui va au café. Le gamin serre la bille en verre. Un calot. Qu'il fait tourner. Qu'il fait chauffer dans le fond de sa poche. Un calot en verre. Avec des traverses colorées. Des tours. Des chemins qui font dormir le chien couché dans la bille. Ceux qui boivent dans la bille. Ceux qui attendent dans la bille. Le père continue sa marche vers le café, le gamin s'arrête. Il se met à genoux. Prend la bille qu'il a dans la poche. Le soleil tape sur le comptoir. Le monde à l'intérieur de la bille change un peu de couleur. Ça va rouler. Le chien, toujours, sommeille. La dame jolie lève son verre. Elle a les lèvres maquillées. L'acide sourit, comme il sait le faire, quand il sait que son sourire est beau. Le gamin lance la bille qui roule dans le caniveau, le long du trottoir, vers le bas de la rue. Personne, dans la bille, ne bouge plus. Pas plus qu'avant. Ils chavirent.

Un peu. L'enfant n'a pas réveillé le chien.

Je retourne dans la bille. Je bois. Tu bois. Il voit. Nous espérons. Vous embrassez. Ils boivent. Ils parlent. J'espère. Je rentre chez moi. Je pose mon coude sur le comptoir. Je bois. Tu bois. Il voit.

Jean-Marie Gourio

L’Arc-en-Ciel

Un enfant élevé dans un cocon,
pour moi, c’est une chenille !

Le Perron

Les plus belles bagarres
sur les parkings,
c’est pendant les mariages.

Le Vélodrome

C’est bien les progrès de la science,
le mousseux ne fait plus mal à la tête.

La Péniche

Un garagiste qui a fini de manger
son crabe, il le remonte.

Le Grenier à Sel

La peau ça s'en va bien,
pour les bourreaux c'était pas
une corvée les écorchés vifs.

Le Cornet

Les jeunes, ils naissent retraités !

Le Bigarré

Quand il buvait Van Gogh,
c'est lui qui se servait ?

La Traboule

Si mon mari tue une autre femme
que moi, je serais jalouse…

Le Zinzin

Une vache qui regarde une voiture passer,
elle sait pas que c'est une vache à lait
qui passe.

Le Nautile

Dieu aime pas l'Afrique et,
de toute façon, il aime personne.

La Comtoise

Ça serait beau la Turquie
si y avait pas les Turcs.

Le Septentrion

La durée du travail, c'est comme
la durée de vie, la plupart du temps,
on fout rien.

Le Saint-Vincent

Finir en coq au vin, c'est mieux
que nous à l'hospice.

Les Charlots

En Chine, ils fusillent à sept heures du
matin, pour te lever, t'as pas besoin
de mettre le réveil.

Le Béret Basque

Même pour la vieillesse, un jour,
il faudra qu'on laisse la place
aux jeunes.

La Bande

Gueule d'égout !

La Cantate

Aujourd'hui, à la campagne,
c'est des Parisiens, et à Paris,
c'est des provinciaux.

La Traversée

Le requin, c'est une sorte de tigre
qui sent le poisson.

Le You You

À force d'aider ceux qui meurent de faim,
ils vont tout nous bouffer
ces cons !

Les Cailloux Blancs

L'alcoolique, au moins, il est saoul pour quelque chose.

L'Arche

Une souris
avec un serpent hypnotiseur,
elle est en garde à vue !

Tintin Bar

Un arc-en-ciel à New York,
il est obligé de traverser les bureaux.

Café de Paris

Une famille avec quatre gosses,
ça se range dans une boîte à œufs.

Les Favoris

Le « Chaudron du Diable »,
vous parlez d'un nom
pour une merde de volcan !

L'Île Saint-Louis

Faut espérer qu'après la mort
ça continue pas trop la paperasserie…

Le Joker

La vache à lait,
elle est plus intellectuelle,
par rapport à la vache à viande.

L'Odyssée

À force que les patrons nous laissent
que les miettes, on va s'envoler
comme des oiseaux !

Les Pieds dans l'Eau

Le niveau des océans qui monte,
ça va nous faire des marinas genoux
dans l'eau.

Quai des Brumes

« À tout à l'heure ! » souvent,
ça veut dire « à tout de suite ! »

Le Radeau

Les Chinois copient tout,
même eux,
ils sont tous pareils.

Le Saint-Père

La vraie vérité,
souvent c'est faux.

Les Tropiques

Mitterrand, il avait mis des canards
dans le jardin de l'Élysée,
et Chirac il les a mangés.

Café des Fleurs

Dans l'œuf dur, la grippe aviaire
elle est piégée !

Les Brisants

Le rose, ça sera toujours
la couleur du cochon.

L'Antiquaire

Même un film génial,
tu peux en enlever la moitié.

Le Trampoline

Le kangourou, c'est une bonne viande,
en plus y a la poche
pour mettre les frites.

L'Utopia

Un bar à la maison,
ça fait rentrer chez soi.

La Vieille Ville

Il faudrait mettre le cancer
dans la cigarette pour que ça soit
la cigarette qui meure !

Les Vendangeurs

Un œuf, c'est toujours bien entouré.

Les Zazous

Moi, on pourrait m'envoyer sur une île déserte, j'ai toujours des timbres dans le porte-monnaie.

L'Ami Fidèle

À l'école en Finlande, les gosses ont pas de récréations à cause des ours.

Le P'Tiou Bar

Picasso, chez lui,
il mettait des Picasso.

La Bergerie

Quand mon mari disparaît à la pêche,
d'abord je le cherche dans
les bistrots, après dans les roseaux.

Le Bas de Laine

Le corps humain,
c'est public ou c'est privé ?

Le Cinq à Sept

Une pochette-surprise avec rien dedans,
ça marche aussi.

La Divine

Maintenant, quand un oiseau chante,
on croit que c'est un portable
qui sonne !

Le Dolmen

Le plus dangereux
dans un sous-marin nucléaire,
c'est l'amiante.

Le Dindon

C'est dans les circonvolutions
du cerveau qu'on perd la mémoire.

Le Fanfaron

Quand on est en congé maladie,
on met pas le short !

Le Jason

C'est toujours une fourmilière
qui prend quand on met un coup
de pied !

Le Karaoké

Ça va tellement vite les choses
que l'année prochaine
c'est déjà du passé.

Le Lever du Jour

Le futur, ça commence toujours
dans cent ans.

La Loi

C'est superintelligent ce qu'il dit Voltaire
par rapport à Rousseau
qui est gnangnan...

Le Lorgnon

La nouvelle frontière, c'est l'espace,
et personne sautera par-dessus
le grillage !

La Placette

Plus il fait froid, plus les livreurs
de pizzas sont obligés de rouler vite.

Les Passagers

On ne dit pas à des gitans
qu'ils font du camping !

Le Quinté

Même le chimpanzé sait utiliser
des outils, alors que j'en connais
qui passent leur vie les mains
dans les poches !

Le Plongeoir

Un sous-marin nucléaire,
il ne faut pas qu'il fasse des bulles.

Le Tchin-Tchin

C'est pas une preuve d'amour
que donner à son enfant un prénom
qui est déjà dans le calendrier.

La Trappe

Le cyclope, pour lire,
c'est pas le plus pratique.

L'Usine

L'anglais, c'est pas pour parler,
c'est pour chanter !

Les Thermes

Je sais pas pour qui je vais voter,
mais je vais voter NON.

Le Vieux Cep

Les sucres lents,
ça fait grossir vite.

Les Volontaires

Une voiture intelligente,
il faut quand même pas qu'elle picole
avec le chauffeur !

Le Zébulon

Il zigzague pour rentrer, alors
que même le caniveau va droit !

Le Calicot

Avec le kit main libre, même un mec
qui a pas de bras il a le portable.

Le Cyclope

On veut vivre de plus en plus vieux,
et après on se plaint
qu'on est des vieux.

Le Coucou

Le microbe qui rentre dans
un piment, il s'en souvient !

La Justice

L'écriture chinoise, on dirait du gril
pour la viande.

Le Jeu de l'Oie

Dans une partouze,
t'encules quelqu'un, mais après aussi
tu peux te faire enculer,
c'est la carotte et le bâton.

Le Klan

Si ça se réchauffe, ça va peut-être
les faire revenir, les dinosaures.

La Licorne

Pour un bébé, la tétée avec
une prothèse mammaire,
c'est pire que le MacDo.

Le Lampion

Avec une glace dans l'entrée,
je vois quand je rentre.

La Libellule

Avec le réchauffement de la planète,
il nous faudrait un Michel-Ange
pour retailler des glaciers en marbre !

Les Montagnards

Une transfusion de sang,
c'est du cannibalisme.

Le Montmartre

Trou d'nez de pou !

Le Manque

Contre le racisme, il faudrait
que toutes les femmes sur terre accouchent
d'un petit Noir une fois dans leur vie…

Le Nouveau-Né

La cocaïne, on a pas besoin
de la garder dix ans en cave…

Les Prolos

L'embryon congelé,
il faut bien regarder
que ça soit de la viande française !

La Préférence

Les cheveux longs sous la pluie,
ça fait calamar géant.

Le Pistonné

Pour tirer les élèves vers le haut,
le mieux, c'est les cheveux !

Le Rigolo

Y a beaucoup plus de nains aux pieds
d'argile que de géants !

Le Ravi

Ça sert à rien qu'il neige en Belgique,
y a pas de montagnes.

Le Soleil Couchant

La Bible en bande dessinée,
on y croit moins…

À la Serviette

On en fait plus de la mythologie…

La Traverse

Quand on boit du Ricard,
on paye la marque, il vaut mieux boire
un apéritif générique, de toute façon,
c'est la même molécule.

Le Télescope

Avec les nanotechnologies,
ils construisent des petits trains
dans un cheveu, mais pour aller où ?

L'Ustensile

Un banc de poissons plats
au fond de la mer,
ça te fait du carrelage !

Le Travelling

Deux TGV qui se croisent,
ils se regardent pas.

Le Vieux Vin

Un tunnel sous la Manche ou sous les Alpes,
c'est pareil, on voit pas dehors.

La Volée

La femme qui a son fœtus
qui lui flotte dans le ventre,
c'est de la pisciculture de bébé.

Le Quota

Le meilleur ami de l'homme,
c'est le chien,
c'est pas tellement grave
de marcher dans la crotte
de son meilleur ami.

La Patte Blanche

On m'y reprendra pas deux fois
à avoir cinq enfants !

Le Mètre Étalon

On voit tout ce qu'il pense, comme un
plafond en poutres apparentes.

Les Indépendants

Tout ce qui est mort, soit on le mange,
soit on l'enterre.

L'Infernal

Quand on a un nez, le minimum,
c'est d'avoir un mouchoir.

Le Bar Bison

Pour moi les pâtes c'est le gruyère
et pour d'autres les pâtes
c'est le jambon.

Daddy's Bar

Une femme qui veut être présidente
de la République, c'est qu'elle a
des gènes d'homme.

Les Hussards

Interdire de laver les voitures,
c'est pas ça qui va faire pleuvoir !

L'Harmonica

Je n'aime pas
quand un oiseau marche.

Rive Droite

La moindre des politesses,
c'est d'être poli.

Le Réveil Matin

Un historien, maintenant, il a plus qu'à
recopier le journal.

Les Trois Glaces

L'alcoolisme, c'est bien,
si on exagère pas.

Le Tourneboule

Vivre à cent à l'heure,
à notre époque, c'est lent.

La Vieille Vigne

Pour déménager un zoo,
il en faut des cartons !

Le Va-et-Vient

C'est pas la nature
qui décide du nombre des arbres,
c'est la mairie.

Zozo Bar

J'ai jamais vu midi à ma porte…
à midi, je suis toujours ici.

Le Petit Verre

Le poisson-chat,
c'est un poisson mythomane…

Au Petit Paris

L'handicapé qui est bien intégré
dans le bureau, tu crois que c'est
une machine à café.

Le Fortiche

Avec toutes les chaînes de télé,
on passe notre temps à appuyer
sur le bouton, on a même plus
le temps de regarder…

Le Fou du Roi

L'anus, il est aux premières loges !

Chante Clair

J'aimais plus le cinéma quand c'était les eskimos que depuis le pop-corn.

La Contre-Allée

Dommage que l'école c'est con,
parce que les cahiers c'est joli.

Au Bon Coin

C'est souvent les boutiques de petits habits qui donnent envie de faire des enfants.

Le Bastion

Devant la maison, j'ai une rose qui regarde la montagne comme la chèvre de monsieur Seguin…

La Barcasse

Si t'habites Marathon, tous les premiers commerces sont à quarante-deux kilomètres.

L'Allée Verte

Les natures mortes, c'est souvent des
peintres en robe de chambre.

Les Aminches

Un bon jardinier a la main verte,
un bon viticulteur,
il a les mains rouges.

Aphrodite

Une femme président de la République,
on l'écoute pas, on regarde ses genoux.

Bar des Amis

Une mère porteuse qui part en vacances,
ça lui fait trois valises…

La Bonne Humeur

À partir de midi, pour moi,
c'est des heures supplémentaires.

Café des Cinémas

Plus c'est un géant des lettres
et plus le livre est écrit petit !

Plouf Café

Le chant pour les morts,
personne écoute.

Café d'Antan

Au début, quand le fœtus il est petit
comme un grain de riz, tu pètes,
attention, c'est fini, tchao !

Les Forains

On trouve de l'eau sur la Lune,
on en trouve sur Mars, y a qu'en Afrique
qu'on en trouve pas !

L'Arlequinade

Un chien de traîneau dans un taxi,
normalement, c'est lui qui conduit.

Les Champs

Si t'écoutes les informations,
n'importe quel pays
de merde est grand comme
dix fois la France !

La Pleine Lune

C'est la Wehrmacht
qui était la plus chic, Sacha Guitry,
il mangeait avec.

Les Rêveurs

Van Gogh, il a dû foutre
plus d'un chevalet par terre.

L'Utile et l'Agréable

Plus on roule en voiture,
plus la terre se réchauffe,
c'est grâce à l'essence
qu'on va économiser le mazout
du chauffage !

Au Tout Entendu

Ça sert à rien d'avoir
des sous-marins,
de toute façon,
on peut pas les voir.

Le Zéro Faute

Après un an et un jour de coma, le docteur devrait avoir le droit de débrancher…

L'Ancrage

Avec les trente-cinq heures, si t'habites loin du boulot, t'as même plus le temps d'y aller.

Le Chrysanthème

Même si il pleut trop,
t'auras pas un arbre obèse.

La Clef des Champs

Moi, l'infini, ça me fait
pas grand-chose.

Le Départ

Si tu payes une femme pareil qu'un homme,
alors dans ce cas,
il faut augmenter l'homme !

La Grenouille Verte

Quand je suis à pied,
je pollue encore plus
que quand je suis en voiture !

Le Grand Mat

Sur France Musique,
on dirait que c'est tout le temps grève…

Le Marcassin

Polygame un jour,
polygrammes toujours !

La Nuée

L'ascenseur social en panne, faut pas
l'attendre, faut prendre l'escalier.

Le Rubicon

Au printemps, les vrais bourgeons
de la ville, c'est les terrasses des cafés.

Le Tennessee

Le permis de conduire,
on peut pas te l'enlever,
c'est une propriété privée.

Le Tourne Dos

Plus français que le drapeau,
t'as le Ricard.

Le Tisonnier

Il change d'avis comme de chemise,
et toujours le même slip !

Le Volcanique

Le vin, c'est une sorte de pain.

Le Vieux Cépage

Si tu meurs pendant ton sommeil,
à la limite le lendemain matin
tu te réveilles,
et tu le sais pas.

Les Palets

L'Arche de Noé, c'était pas pour les sauver,
c'était pour les bouffer !

Le Louis XIV

Un chauffeur de car, faut pas qu'il boive,
mais si tu transportes des tuyaux de ciment,
qu'est-ce que t'en as à foutre ?

Les Labours

Les gosses, ça a toujours des idées,
la mienne elle fait de la peinture
sur des peaux de banane.

Le Chabada

En roulotte, tu penses à la vitesse
du cheval.

Le Brasier

La Joconde, c'est du vécu puisqu'elle sourit.

Les Bons Vivants

La terre se réchauffe,
si ça pouvait continuer jusqu'à c't'été !

L'Américain

Moi, faut pas que je commence
à penser…

L'Asticot

Gros comme il est,
on dirait un transport de marchandises.

Le Gogo Bar

Il ne faut pas boire du lait
quand on a un bébé,
parce que les seins se remplissent
de lait de vache.

Le Bar Jo

La France, c'est un pays de vieux,
si tu ralentis pas quand tu traverses un
village, t'en écrases dix !

Au Bout du Pont

Moi je m'en fous
de sauver la planète,
j'ai pas de jardin.

Le Boxon

L'euthanasie, au moins,
tu meurs avec quelqu'un
à côté du lit.

Le Braseiro

La mère, elle a un gros ventre
avant la naissance,
et le père,
il a un gros ventre après !

Café Bougnat

Un communiste,
tu lui crèves ses pneus,
il vote Front national !

La Corbeille

Les chemises sans manches, on fabrique
pas les manches, eux les Chinois
ils les fabriquent et avec les manches
ils font des pantalons !

Les Chouans

La soupe au poireau, ça pue l'euthanasie.

Le Diabolo

Sa choucroute, on dirait du Fellini.

La Distraction

Quand on est incinéré, on peut plus se
retourner dans sa tombe.

L'Empereur

Aujourd'hui, c'est le numérique qui fait
bouillir la marmite.

Les Muses

La France, c'est un plateau de fromages,
et la tour Eiffel,
c'est la poignée du plateau…

L'Ombrelle

L'homme Centaure, il chie du crottin,
en fait.

Le Tavernier

Il s'en fout Picasso s'il fait un pâté.

Le Télescope

La meilleure famille d'accueil,
c'est les marmottes.

Le Troubadour

À Dakar, tu peux laisser ta valise toute seule, y a pas de problème, c'est après en France qu'ils deviennent des voleurs.

Les Vélos

C'est pas moi qui imposerai
ma culture,
j'en ai pas.

Le Vivier

Le propre de l'homme,
c'est le plein d'essence.

Le Kiosque

En Inde, quand ça va pas,
ils s'immolent, mais ils ne font
pas grève.

Croco Bar

Si y avait pas Molière,
on parlerait la langue de qui ?

L'Allongé

L'Orient, c'était les bateaux d'épices,
et maintenant c'est des camions
de slips.

Aux Académiciens

Dans une top model, l'estomac,
c'est pour ranger le portable.

L'Archiduchesse

Il ne faut pas que le robot soit
trop intelligent, sinon il voudra
rien foutre.

Le Remix

Le petit glaçon dans le pastis, l'été,
c'est un palace flottant !

Lucky Bar

Si tu vends un rein, faut se faire payer avant,
parce que sinon les mecs se barrent
pendant que tu dors.

L'Artiche

Un pigeon voyageur qui peut plus voyager, il va rester dans la cage à faire chier les autres pigeons.

Sympa Bar

Si une bonne femme se présente aux élections présidentielles, après ça va être quoi ?! un chien ?!

Café des Cars

Avec des gros yeux, on peut conduire la nuit.

Le Blé en Herbe

Si ça continue la mondialisation, on aura des Turcs chinois.

Le Baromètre

Faut obliger tous les pédés à se marier, ça va les calmer !

Le Biberon

La droite, ça encule, la gauche, ça déçoit.

Café de la Plage

Ce qu'il faut pour sauver le commerce, c'est fermer nos frontières aux autres chaussettes !

Le Mondain

Dans la Creuse, on est loin de l'Europe.

Les Marins

Les frontières, c'est inné.

Presque Tout

C'est à cause des vélos sur la route qu'on bouffe de l'essence pour rien.

Le Sud-Ouest

Un peu de pastis, un peu d'eau,
diviser pour régner !

Le Titi Parisien

L'esclavage moderne, c'est pas pour construire des pyramides qu'ils enferment des gens, c'est pour faire le ménage.

Les Vignerons

Si t'es drogué, le café salé,
ça fait rien.

Le Verre à Soi

Y aurait moins de problèmes
si les Blancs vivaient le jour
et si les Noirs vivaient la nuit !

Le Zizi Bar

Jésus multipliait les sardines,
et il se mangeait les soles !

La Capsule

Moi je veux bien qu'on m'infantilise,
si y a de la confiture.

Le Chapeau Claque

Les élections, ça change rien,
ça distrait, c'est comme le foot.

Les Canapés

L'euro, c'est une sorte de dollar,
mais pour les ploucs !

Le Dandy

Ils nous font chier
avec leur art de vivre !

Les Deux Tilleuls

Un vieux de cent ans,
tout ce qu'il a respiré dans sa vie,
ça vaut bien une bagnole.

Les Docks

Ils se mettent des baies vitrées,
et après, ils sortent même plus
devant la porte.

L'Enclume

Alcool, plus cannabis, c'est le cocktail
mortel pour les fléchettes.

L'Épiphanie

Une mission accomplie, ça m'est jamais
arrivé de toute ma vie !

La Fête

Pour un gosse, on te demande rien, alors que
pour une bagnole, faut un permis !

La Griottine

L'histoire, plus on attend,
mieux c'est.

Les Grillons

Les écologistes, ils ont tous des gros culs ou des moustaches !

L'Habitude

Quand tu meurs, t'as l'âme qui va sur le web…

Le Rat des Champs

Soixante millions d'euros, c'est plus un pot-de-vin, c'est toute la vigne.

Rive au Soleil

Même chez les pygmées, y a des cancans.

Sur la Place

Mon chien, une fois il est entré dans l'église, maintenant il croit en Dieu…

Les Trois Mousquetaires

Le dentiste, à midi, il mange sur le pouce.

Les Valises

Les esprits de la forêt qui habitent dans une framboise, les voisins ça rigole !

Le Valentin

Des fausses dents en béton, ça coûterait moins cher…

Les Princesses

Toi t'es un con à ciel ouvert !

La Petite Place

Le Sidaction… ah non !… si c'est pour qu'ils achètent des capotes…

L'Atout Cœur

La muraille de Chine, on la voit depuis la lune, mais quand t'es sur la lune, t'as plus envie de voir le toit de ta maison.

Le Cocotier

Le Portugal, c'est joli,
mais t'as quasiment qu'une ville.

Les Carabins

Les femmes battues, c'est la pointe de l'iceberg, en dessous, c'est les gosses.

Les Billards

Vingt-sept locataires, déjà on s'engueule pour les travaux de l'ascenseur, alors vingt-sept pays !

Le Bazar

Quand c'est allumé, on rentre, l'électron attire le pochetron !

L'Après-Midi

Une coquille Saint-Jacques mazoutée,
tu peux plus faire un cendrier.

L'Amicale

Les pyramides,
c'est des tours Eiffel en semoule.

La Brigade

Pour moi, Jésus a pas existé,
mais attention !
je suis pas historien.

Café Riche

L'ONU, t'as qu'à regarder, y a que des
Noirs avec des chapeaux
de panthère !

Les Dockers

C'est un livre sur les camps
de concentration qui est très bien,
ça se lit comme un polar.

L'Éphémère

Le vingtième siècle,
on en a dit du mal, mais vous verrez,
un jour on le regrettera !

L'Époque

Faudrait une télécommande pour zapper
quand on lit !

Les Forains

À part l'Angleterre, l'Allemagne
et la France, le reste, c'est pas
de l'Europe.

Les Jongleurs

Un livre pour enfant, faut le garder, ça sert
aussi pour les vieux.

L'Ancre

Pendant la vie éternelle, à quelle heure
on se lève ?

Les Bons Comptes

Une pute, elle a les pieds sur terre.

La Bergère

Il veut pas me parler parce que je suis alcoolique ! dans le quartier, il risque pas de parler à quelqu'un !

Au Chien Jaune

Ils nous donnent des médicaments génériques, mais moi ma maladie elle est pas générique !

La Chansonnette

Son entraîneur à Manaudou, il lui fait manger du chènevis pour qu'elle nage vite !

L'Échanson

Y avait pas de bonnes femmes chez les apôtres !

L'Entrevernes

L'humour anglais, c'est compliqué, faut parler l'anglais et avoir de l'humour.

Le Galop

L'oie, elle se regarde le foie, l'écrivain, c'est le nombril.

La Gloriette

Des travaux qui ont fait de la bonne plus-value, c'est les peintures de Lascaux.

La Grande Ourse

Aujourd'hui, il suffit de tuer son gosse pour être célèbre !

L'Inflexible

Le con qui dort, il fait des rêves de con.

Les Journalistes

Une vieille mobylette polluera toujours plus
qu'un gros 4 × 4
tout neuf…

Jour de Fête

Une mauvaise nouvelle sur un portable,
c'est moins grave que
sur un fixe.

La Javanaise

Vu le prix de l'hôpital, un mois dans le
coma revient plus cher que le Club Med.

Les Marrons

Avec ses grosses joues, quand elle lit,
on dirait qu'elle bouffe…

Le Navire

Un anus artificiel,
c'est presque mieux que le naturel.

Les Promenades

La taupe, elle meurt
dans sa salle à manger, ça y est,
elle est enterrée !

Le Rigolo

L'Europe, à deux, déjà c'est trop.

Les Randonneurs

Une carte de séjour,
c'est pas pour habiter,
c'est pour séjourner !

Le Saint-Ange

Picon-Bière, ça ferait un bon cheval
de course.

Les Carabiniers

Aux championnats du monde de natation,
t'as vingt courses par jour,
et ils changent même pas l'eau !

La Croix d'Or

Laure Manaudou, elle nage toute la journée,
le soir elle reste sous la douche,
il faut pas que sa peau elle sèche.

Carabosse

La musique classique,
ça nous rajeunit pas…

Le Crin-Crin

Chat échaudé craint le connard
qui l'a foutu dans l'eau.

L'Épopée

C'est la cinquième fois
qu'il prend des cachets,
il fait une carrière de suicidé.

L'Éveil

Quand on est fasciné,
c'est souvent pour une connerie.

Au Gamin de Paris

La philosophie, ça passe tout
à la moulinette.

Le Goémon

Un jeune, ça doit s'habiller
de couleurs !

Gargamelle

Si la Turquie elle entre dans l'Europe,
tu peux changer tes serrures.

L'Huître

En Inde, c'est un éléphant
qui te porte le journal.

L'Horizontale

Une gamine gothique
avec les clous partout
et les ongles noirs
elle risque pas de faire la vaisselle !

Héraclès

Dans les écoles,
ils mettent des distributeurs de capotes
et ils interdisent les barres chocolatées !

La Loire

Le calendrier chinois,
on dirait un menu.

Les Mioches

Il a un aquarium avec une couleuvre,
sa chambre, c'est un vrai décor
de cinéma !

Le Mirliton

La fondue, c'est space…

L'Œuf au Plat

Ils veulent comprendre la Chine,
ils parlent pas chinois…

L'Ouvre-Bouteille

La route de la soie, maintenant c'est
les sentiers de l'acrylique !

Le Quatuor

Le cerveau,
c'est la capitale administrative.

Le Poisson Pilote

Dans un million d'années,
t'auras un train de nuit pour la lune,
et un train de jour pour le soleil.

Les Contes

Ils sont doublement cons
les sans-papiers,
des faux papiers,
t'en trouves partout !

Les Dauphins

Un investissement
de bon père de famille,
c'est un gosse.

Les Entrées

Je bois
parce que les autres y boivent
sinon je boirais tout seul…

Le Faisan Doré

De Gaulle,
tu l'aurais pas appelé Ségolène !

La Grenade

Mon grand-père il a fait la guerre
14-18, mon père il a fait 39-45,
et j'espère bien que les jeunes ils vont s'en
prendre une sur la gueule.

L'Hercule

Les vieux meubles, ça se plaint pas toute la
journée que ça grince
des pieds !

L'Impératrice

Ce que j'aime à la télé, c'est voir un film
que j'ai déjà vu.

Les Indécis

Un bébé qui est mort, il continue à grandir pendant un mois.

Le Kif-Kif

Avec un gros con, j'arrive toujours à m'entendre, avec une connasse, jamais.

La Mangouste

Les vieux, faut les forcer à boire, sinon ça s'auto-sèche.

Les Moulins

On est pas si racistes que ça en France, on est racistes normaux.

L'Outremer

Pour les Parisiens, un œuf, c'est déjà un zoo !

Le Premier Métro

Le cassis dans le vin blanc, ça augmente l'effet boule de neige.

Les Quatre Rois

Quand on bosse de nuit,
c'est le jour qui tombe
et la nuit qui se lève.

À Plusieurs

Les sans-papiers, même si c'est des Chinois,
je les renvoie à Dakar !

La Randonnée

En Irlande, quand t'avales du brouillard,
après t'as plus faim !

Le Téléphone

Le nez rouge, les joues rouges,
les mains rouges, les jambes toutes blanches,
le torse tout blanc, les pieds violets,
les oreilles rouges, c'est pas moi qui vais dire
du mal des Noirs !

Les Tricheurs

Cons comme on est, le cerveau est pas
tellement fragile finalement…

Au Vin Sans Eau

Ça me dérange pas de tuer quelqu'un,
si je le connais pas…

Le Violet

Aller jusqu'à Pékin pour nager
le cent mètres ? Pourquoi ?!
En France, on a pas d'eau ?

Les Champignons

Les curés, ils auraient fait une tour Eiffel
par village.

Les Halles

Pousse-toi ! t'es dans mon eau territoriale !

L'Harmonie

Si les hirondelles c'était une administration,
on aurait plus de printemps.

Le Louis XI

Au cinéma, quand ils font des gros plans,
c'est qu'il n'y a pas de scénario.

Les Deux Pigeons

Y picole et y s'enfonce,
on dirait Venise !

Le Régent

Jésus, son père qui est Dieu,
c'est quand même une famille
pas normale.

La Ribambelle

Ils peuvent augmenter le RMI,
de toute façon,
ils nous reprennent
tout en taxes sur l'alcool !

La Triplette

Dans le Nord, les villes,
c'est des noms de bières,
et dans le Sud, c'est des noms
de pinards.

Au Vin Fou

– Si les transports étaient gratuits,
on aurait pas besoin de tricher !
– Et pareil pour les impôts…

Les Vendangeurs

Loucher, c'est dur,
même Dalida elle en est morte.

Les Croisés

Tout ce qui est grillé ça donne le cancer,
ce que le cancer il aime pas
c'est les crudités.

Bar le Convivial

Une journée c'est vingt-quatre heures,
et en France on bosse trente-cinq !

Le Colimaçon

L'obésité a rien à voir avec la bouffe,
c'est les glandes qui gonflent.

Le Du Guesclin

Le mille-feuilles, c'est plus structuré
par rapport au chou.

Au Dagobert

Je suis monsieur Tout-le-monde
comme tout un chacun.

Les Départements

Bayrou, il a une tronche de
patate germée !

La Grignote

Le vrai problème de la France,
c'est le Français !

Le Globe

La planète est un petit village,
c'est pour ça
que t'as des Chinois partout.

Le Harnais

Faut déjà un logement avant de pouvoir
mettre un drapeau à
sa fenêtre !

L'Histoire

Les esclaves noirs, au moins ils faisaient
des trucs utiles, alors que les gosses
en Chine, ils font
des jouets.

La Harpe

Les écologistes, ils s'en foutent de la
campagne, ce qu'ils veulent c'est faire du
vélo dans Paris pour faire chier les taxis.

L'Archiduchesse

Ça m'épate toujours le temps que les gens
ils mettent à réparer
un carreau.

Le Croq' Bar

Plus personne veut bosser, c'est ça qui
donne pas envie de travailler…

Foster Café

Elle a une belle peau parce qu'elle met une crème contre l'ADN…

Le Blancass

Tu vas au zoo, y a des éléphants, des merdes de tigre, tu chopes rien, et c'est à l'hôpital que tu ramasses toutes les saloperies !

Aux Beaux Jours

Faut pas être feignant pour être le printemps !

Café Panique

C'est le chauffage dans la voiture qui te fait monter le degré d'alcool dans le sang…

Au Placard

Le ballon de vin rouge, c'est une boisson idéologique !

Le Christophe Colomb

Si la France marchait bien,
on aurait pas de
politique étrangère.

Chez Rasade

Vivre sur une planète en terre,
ça fait pas solide.

Les Capucines

Si la terre se réchauffe,
c'est les Noirs qui vont gagner.

Le Choix

Les trente-cinq heures,
c'est de l'esclavage à l'envers !

Les Crocs

Tout ce qu'ils savent faire les écologistes,
c'est réintroduire le
balbuzard !

Les Deux Amis

La cellulite, ça meuble.

L'Exigeant

Quand il rentre saoul il dort sur le canapé
avec la veste et les chaussures,
il respire même plus, c'est Pompéi.

Le Fauteuil du Roi

Un hôpital en ville, t'as tous les microbes
qui se barrent sous les portes !

Les Félicitations

C'est un électricien heureux,
il est content quand ça s'allume.

Bar Grenache

Quand les archéologues chercheront en
France, ils trouveront que des os de retraités
avec des pots de fleurs cassés.

L'Hôtesse Verte

Chacun porte sa croix,
mais y en a qu'un qui cloue !

L'Indice

La France, elle est pas dans le monde,
elle est en France.

Le Jeu de l'Oie

Je pollue si je veux !

L'Attentif

N'empêche que si y a plus de malades,
y a plus de docteurs, la maladie
ça les arrange bien au fond…

Le Cricri Bar

– Le prof peut rien faire
si toute la classe est bourrée.
– Je sais, le bistrot c'est pareil…

Punch Café

Moi je dis toujours que j'ai voté pour celui qui est élu, comme ça j'ai toujours raison.

Bar de la Joie

Moi je réfléchis pas deux mille ans !

Le Beffroi

À la télé, ils disent les mêmes choses que nous.

Les Bons Copains

Le changement climatique, ça sera pas pire bordel que le changement d'heure.

La Buvette du Marché

La mer qui monte, ça va rien faire disparaître, que les restos de moules.

Café Riche

Mon mari, quand il a des amis, c'est toujours des merdes.

Le Cristobal

D'outre-mer ! D'outre-tombe, c'est pas français comme territoires !

Chez Monique

Les gènes du corps humain, ils restent soudés entre eux à cause du sucre.

Le Carême

Y en a déjà eu des réchauffements de la planète, et personne gueulait.

Les Deux Bœufs

On en vend plus du Martini, mais moi je veux bien en boire, si on me donne des subventions !

Le Dressoir

Le monde du travail, c'est plus un monde, c'est une région.

L'Épique

Quand on embauche un postier, ça oblige
à fabriquer une casquette.

Le Fautif

La télé a pas tué le cinéma,
elle a tué la télé.

Frère Jacques

Le réchauffement de la planète,
c'est bien, on va bouffer des glaces
et on va aller au cinéma !

La Grande Porte

La droite, la gauche,
c'est tous les mêmes, et le centre
c'est encore pire !

Le Gai Laboureur

C'est un luxe d'acheter du poisson
aujourd'hui, ça vaut encore mieux
d'aller directement à la pêche
que de travailler pour en acheter…

L'Hupercut

Au ministère des Sports,
ils prennent tous
l'ascenseur…

L'Infernal

Si on a deux reins, c'est pour
en vendre un.

L'Alliance

Jean Cocteau, Jean Cocktail !

L'Aube

Tous les gens que je connais,
je les connais du bistrot.

Ben's Bar

La nourriture spirituelle,
moi je mets de la mayonnaise !

L'Extra

On a une machine à laver qui baratine, elle dit « essorage » alors qu'elle tourne pas.

Les Bacchantes

À mon avis, pour les longs trajets dans l'espace, l'œuf dur, ils y ont pas pensé.

Le Blanc Bleu

Lui, il parle jamais, c'est le connard mystère !

Belle de Jour

– Si tu votes dans l'Orne tu mets ton bulletin dans l'urne
dans l'Orne.
– Toi, t'as pas dormi…

La Brioche

– Je m'en fous de la terre, je suis un extraterrestre !
– Toi, tu t'es pas couché…

Chez ma Cousine

Qu'est-ce qu'elle est bécasse,
cette Ségolène Royal !

La Carpe Dorée

Heureusement qu'on a inventé Jésus
parce que Jésus on voit qui c'est,
alors que Dieu on voit pas bien.

Les Carillons

Si c'est la télé qui fait les élections,
c'est normal qu'on ait un connard.

Le Chabada

Ça hurle, on comprend rien, on dirait
toujours des barjots dans un hôpital
psychiatrique, le théâtre…

Le Déjeuner de Soleil

La télé, je m'endors tout de suite devant,
pire que si je lis !

Demain

C'est un vrai rat de bibliothèque,
tu lui donnes un livre, il fait des crottes
dessus et il lit pas.

Le Divan Rouge

Dans l'autre hémisphère,
l'arc-en-ciel est inversé.

L'Événement

Si tu donnes ton corps à la science,
c'est qu'il marche plus, sinon tu
le gardes !

L'Etna

Le doigt de pied, c'est pas un
doigt normal.

Le Fil de Pêche

Le meilleur vote utile, c'est de
pas voter !

Le Gai Luron

Tous les oiseaux chantent pas,
tous les oiseaux volent pas,
tous les oiseaux méritent pas d'être
des oiseaux.

Les Glaïeuls

Le dégât des eaux à Gaza c'est pareil que la muse Avèze à Vesoul.

Le Gargantua

Y se la nettoiera tout seul la terre !
déjà qu'il range sa chambre !

L'Habit Vert

J'aimerais pas être un gros con,
je préférerais être une grosse merde.

L'Impératif

Je sais pas comment c'est ailleurs,
mais sur terre, rien ne marche !

La Joie de Vivre

Souvent, le tireur fou, il a commencé
comme tireur pas fou…

Le Karrick

Le canard, il sait pas qu'il a des pattes de canard.

Le Loir

Sarkozy, il lui manque que
la moustache !

Le Paillasson

La grêle, c'est une sorte de pluie
paranoïaque.

La Libération

En Tunisie, c'est tout des marchés différents dans les souks, le marché aux machins, le marché aux trucs, le marché aux bidules…

La Lagune

Heureusement que Sarkozy se fait filmer sur des écrans géants, sinon on le verrait pas.

La Métropole

Si on empaille Mireille Mathieu,
moi je la prends.

Les Myosotis

Quand tu as été mordu, tu ne lis plus *Trente millions d'amis*.

Le Mont d'Or

Quand toute la glace de la planète aura fondu, on prendra un autre dessert.

La Nation

Pourquoi c'est toujours la brebis qui est galeuse et pas le mouton ?

Le Nain Jaune

Pour moi l'énergie renouvelable, c'était l'ouvrier qui se lève tous les matins !

L'O But

Ce qui serait bien, c'est la banquise en mousse.

L'Oslo

En France, on a pas le droit de fumer
dans les lieux publics
mais sur les plages, tout le monde
a les nichons à l'air !

Les Pépères

Un con pareil, ça révolutionne le monde
de la science.

La Pendule

Que du vin à table,
ni l'apéritif, ni le digestif,
comme Ponce Pilate.

Le Quatrième

Les champs sont pleins de fleurs
magnifiques, tu les achèterais en jardinerie,
t'en aurais pour
des milliards.

Les Rocs

Avec la méduse,
t'as pas besoin de faire des nouilles.

Le Ron-Ron

On est les seuls vivants dans l'univers,
et en plus on bosse…

Les 2 Chevaux

Avec mon mari,
si on a l'Alzheimer,
on l'aura tous les deux !

L'Exodus

À force d'avoir trop de droits de l'homme,
on fait plus attention.

L'Excellent

Moi je sais maintenant pourquoi
j'aime la Bretagne, pour le poisson.

La Ferraille

La rose, c'est bien comme fleur,
ça sent à un kilomètre.

Le Frisson

Une voiture d'occasion,
tu sais pas ce qu'elle a vécu.

La Quittance

La moulinée de légumes, c'est comme si tu bouffes une robe de chambre.

L'Ancienne Grenette

– Moi le débat c'est tout de suite un coup de boule !
– Oui mais t'es pas président de la République.

La Goulue

Il a jamais parlé français,
il parle
en saoul.

L'Industrie

Les fêtes populaires, moi je bois.

Les Impatients

Les frères Lumière, et pourquoi pas les sœurs Abat-jour !?

Le Jargon

Ça fait cinq ans que je roule sans permis, et je conduis mieux que ceux qui l'ont !

Les Jeux

– Einstein, on aurait dû le garder avec des bandelettes…
– Pour une fois qu'on a un génie !

Le Lampadaire

L'ombre, la lumière, y a pas besoin de centriste là-dedans.

Le Menhir

C'est bien que les jeunes ça pousse.

Les Montgolfières

Moi, j'en mettrais pas des panneaux sur les routes ! chacun se démerde !

Le Mont Baron

C'est un chien de berger qui a pas de berge…

Les Maquisards

En Inde, l'éléphant pisse dans le jardin,
ça sent comme après
la pluie.

La Main d'Argent

Moi je suis hétéro à fond mais hier soir,
ça a dérapé.

La Minute

Faut les voir les femmes maintenant,
un dans le ventre, un dans la poussette
et un qui marche…

La Mer à Boire

Trois gouttes ! c'est la pluie la plus idiote
que j'ai jamais vue.

Le Nain Noir

C'est un maire qui est jamais dans sa mairie,
c'est un maire au foyer…

Le Concours

Les élections, une fois c'est un tsunami,
une fois c'est un pipi
de chat.

À Clochemerle

Dans le monde, la plus grande puissance,
c'est l'ennui.

Les Cigarettes

La France, c'est un pays de vieux,
que des fleurs aux balcons.

Baby's Bar

Le mur de Berlin, ils l'ont mis en Israël,
comme quoi…

Le Casse-tête

Les dentistes,
c'est des fouille-merde !

L'Assommoir

Tous les jeunes veulent être fonctionnaires,
c'est tous des embryons congelés !

L'Allusion

Le mec qui vole ta bagnole, c'est limite
genre bernard-l'ermite.

Le Loup Blanc

Plus les librairies sont pleines de livres
et plus la France est à droite !

Les Mariés

Moi je suis pas emmerdant,
je vote toujours comme les sondages.

La Marée Haute

La terre c'est minuscule, cinq
kilomètres à pied, vous êtes déjà loin.

Le Nombril de la Terre

Que quatre saisons, les ploucs,
ça leur suffit !

Le Nemo

Ça sert à rien d'avoir une bonne femme
président de la République
si le Premier ministre c'est
un homme.

Les Nombres

Pour moi, une plume dans le cul,
c'est pas de la danse.

Le Point de Vue

On trouve des trèfles à quatre feuilles sur les
marchés, même la chance est trichée !

La Serrurerie

Quand tu te laves les dents,
il faut aussi frotter la langue,
c'est là que les bactéries elles discutent.

Sur le Port

L'homme a commencé à boire vite
quand il s'est mis debout.

Les Sables

Une infirmière n'est pas payée
pour branler le malade !

Le Tire-Bouchon

La NASA, c'est des ingénieurs
qui font la poussière.

Le TGV

Au vingt et unième siècle, et on a toujours
pas un bon produit pour les carreaux !

Le Tambourin

Le réchauffement de la planète,
si ça pouvait en faire crever la moitié !

À la Volo

C'est pas un barbecue qui va faire fondre
la banquise.

Vendredi Treize

C'est l'évolution qui décide de l'histoire
du monde, t'évolues pas, tu dégages !

Les Violons

Le prématuré qui sort à six mois,
pour les parents,
ça leur ajoute trois mois d'allocations.

Les Antipodes

Le prix du cheveu
de momie sur Internet,
moi, direct je suis coiffeur
de momie !

L'Absence

Les cons, j'en suis,
et c'est pas un compliment
pour les cons.

Le Black Bird

C'est un samouraï qui a inventé
le tire-bouchon.

Les Balises

In vino la vinasse !

Les Bons Copains

Tout ce qu'il dit tout le temps, tu mets dans un pot, c'est de la cancoillotte !

Café Calva

Hier j'ai rien fait, j'aurais mieux fait de me bourrer la gueule !

Le Ciel

Vu le nombre de microbes au mètre de torchon, moi j'essuie plus les verres !

Le Chalutier

Sarkozy président, moi je m'en fous, des présidents, j'en ai jamais eu.

La Chopine

C'est un truc de Wagner
le Caprice des Dieux…

Les Diamantaires

Je l'ai pas dit pour dire une connerie,
je l'ai dit comme ça.

Aux Deux Tours

Ça va rien changer, même Sarkozy,
il va garder l'alcool à 0,5.

L'Effet

– Je viens m'excuser pour le bordel
que j'ai foutu hier.
– Ah non, c'est pas ici.

L'Emploi du Temps

C'est un écrivain qui travaille chez lui,
c'est pour ça qu'il est tout le temps
au bistrot.

L'Étincelle

Vu tout le personnel qui y a,
un homme à l'Élysée,
c'est plus logique.

La Flèche d'Or

Dijon, c'était sur la route des épices,
c'est pour ça qu'ils font la moutarde.

La Flemme

Un landau, c'est pas fait pour poser
sa bière !

Le Flou

Le chien, le chihuahua, avant,
c'était des Indiens.

Le Fer de Lance

La vraie eau de source, dans la bouteille,
elle se pend.

Les Lilliputiens

Quand je fais pipi, je réfléchis un peu.

La Louison

Quand c'est déplié une vache,
c'est un parachute.

Les Alizés

Elle met du marc de café dans ses fleurs,
ça lui fait ses fleurs énervées !

L'Absolu

Si tout le monde a voté pour lui,
c'est normal qu'il soit élu.

Le Capri Bar

Un petit galopin, juste pour remettre
le facteur à vélo.

Le Bon Matin

C'était un drôle de lascar
Marguerite Duras.

Les Balaises

Il s'est fait tatouer le nom du bar
dans le dos.

Au Vieux Café

Je connais un mec,
il s'appelait Pendu,
il est mort noyé…

Le Casse-Noisettes

Merde, j'ai un carreau cassé à
ma chemise !

La Chauve-Souris

On en a plus des toilettes,
ça nous coûtait trop cher.

Les Champignons

Laisse à Racine ces tragédies
et fais pas chier le monde !

La Gamme

Moi de toute façon je peux pas
me faire amputer, j'ai pas la sécu.

Les Goélands

Il est beau leur bébé, il ressemble
à Belmondo.

L'Infidèle

J'aurais bu deux heures de moins,
je serais pas dans cet état-là.

L'Initiative

On s'est tous mis sur le toit !

Les Libertaires

Son nez ça serait un arbre,
tout le monde pisserait dessus.

Le Naufrage

Une femme en jupe,
ça serre pas la main pareil.

Les Nouveaux Rêves

Le crâne humain,
c'est une sorte de porte-savon.

L'Orchestre

Vous avez pas vu mon camion
des fois ?

Les Ombres

Avec le réchauffement de la planète,
la Hollande va être inondée,
ils seront tous dans le Périgord,
vous verrez !

L'Optimiste

Lui, il vieillit avec le vin, et elle,
elle vieillit avec le temps…

Le Concordat

T'es un connard durable toi…

La Case

Sans domicile ! sans papiers ! sans famille !
sans avenir ! ça fait beaucoup, à force !

L'Arpagon

Les zoos, pendant les guerres,
ça se bouffe.

L'Action

À cent un ans, il se fait lire
son horoscope !

Chez Denise

Il est tombé de la chaise,
comme un château de cartes en sable.

Le Chopin

Tu mets de la laque sur la Vénus de Milo,
ça fait de l'art chinois.

Le Coucou

L'éboueur qui aime son métier,
il peut pas aimer le camion poubelle,
à la limite, il aime le chauffeur.

Le Dolmen

Ça porte bonheur combien de temps,
le muguet ?

Le Dingo

Le muguet dans le sac avec le camembert,
ça puait la cloche à bonheur à fromage…

L'Abysse

Zidane, avec tout son argent,
il pourrait se faire mettre des cheveux,
mais ça ne l'intéresse pas…

Les Aristocrates

Avec des fourchettes en plastique,
on entend pas le bruit dans l'assiette
quand on s'emmerde à table.

Chouchou Bar

L'épicerie arabe, c'est toujours ouvert,
l'épicerie chinoise, c'est jamais fermé.

La Bonne Renommée

Chirac c'était naturel, alors que Sarkozy, c'est du chimique.

La Bombarde

Le refuge de montagne, ils le mettraient en bas, on serait pas obligés de monter !

Le Bonneteau

Le parti communiste, il reste même pas une casquette par terre…

Le Café Concert

L'hirondelle, elle fait plus le printemps, elle fait l'été maintenant.

Vintage Café

Elles font les nids en prenant du crin de cheval, c'est des nids qui sentent le cow-boy.

Le Chic Parisien

Je connais un islamiste, un intégriste,
il mange que des frites et
des moules.

La Cantine

En France, personne fout rien,
et y a du chômage quand même…

Le Danube Bleu

Il faut faire disparaître des espèces,
sinon on aurait neuf cents milliards
de races de mouches.

Le Diderot

Chirac, c'était pas un président,
c'était une AOC.

L'Enfance

On était des singes, et maintenant
avec l'évolution, on est
des Français.

L'Envers

Les gendarmes ont pas le droit de
te faire souffler dans le ballon,
c'est pas des docteurs !

Les Élections

On peut penser ce qu'on veut,
mais ça dépend quoi.

L'Équateur

Le futur, c'est pas de l'histoire.

Happy Days

Les poussettes des gosses maintenant,
on dirait des chars d'assaut.

Le Jardin d'Hiver

Arrête de péter, tu réchauffes
la planète !

Au Jet d'Encre

La sardine, c'est un poisson qui est tombé
dans le domaine public.

Le Cortège

Je me suis mis le feu aux cheveux,
j'ai pas eu envie de l'éteindre.

Les Chaises

Les maisons en Bretagne elles sont belles,
parce qu'elles sont faites
pour les temps pourris.

Le Dodo Bar

La voile, c'est communiste, on mange,
on chie sur le bateau.

L'Abstinence

Les astronomes américains, ils regardent
que ce qui les intéresse !

L'Absence

La Chine, ça commence bien,
mais ça finira mal.

L'Avisé

Je peux pas vendre un café calva
à quelqu'un qui prend le métro !

Les Amuseurs

Les fleurs sur le rebord des fenêtres,
ça lui fait des cils bleus.

L'Aiguille Verte

J'aimerais être réincarné dans cet oiseau,
il vole que trois fois par an.

L'Oursin

Il faut que j'y aille,
parce qu'il faut que je me lave.

Le Panorama

Même la radio ça me fait chier,
je préfère écouter les bruits de la rue.

Les Petits Bonheurs

Il aime pas l'eau, il se baigne dans le lac
qu'avec sa voiture.

Les Quatre Fils

Tout le monde boit de la bière,
même les limaces, on fait des pièges
à limaces, elles se noient dedans.

Le Rêve

Les joues des gosses, c'était des cerises,
c'est devenu des burgers.

Les Rimes Riches

Tu restes trop longtemps en Bretagne,
t'as les ouïes qui te poussent.

La Sentinelle

Tu mériterais d'être chauve
tellement t'es con !

Le Signal

C'est Pénélope qui picolait en attendant
son mari.

Les Sosies

Grève du cœur ! on meurt tous en même
temps ! tu vas voir
leur gueule !

Le Trio

Sarkozy sur les Champs-Élysées,
c'est vraiment une grenouille
sur une boîte d'allumettes !

L'Avaloir

Quand c'est une guêpe, je parle allemand
pour lui faire peur.

Super Bar

Le poisson, il a l'âge de ses arêtes.

Le Bar à K

S'avaler dix douzaines d'huîtres,
c'est du crime en série !

La Béarnaise

Le trou de la Sécu, on ferait mieux de jeter les malades dedans.

Le Baratin

Travailler plus, pour boire plus !

La Bonne Année

Si on était en plastique, on resterait dans la terre des milliers d'années, comme les emballages…

Le Cosmos

Un mec qu'on appelle Mozart, c'est un vrai con en général.

Chez Nounours

Faire un nid, j'aurais pas la patience… et ma femme, pareil.

Chez Irène

– Ça va ou j'ai l'air con ?
– Les deux.

Le Chaud et le Froid

J'ai l'air de rien,
mais je me compare pas non plus.

La Clef d'Or

Fais pas semblant d'avoir regardé
Les Experts Manhattan,
t'étais bourré au bistrot.

Les Abondances

Laure Manaudou, c'est une nouvelle
Stéphanie de Monaco.

Boubou Bar

– Je sais pas comment il fait,
il est jamais bourré.
– Il boit pas.

La Bamba

Travailler plus pour gagner plus,
d'accord, mais pour acheter quoi ?

Au Baby Foot

Si c'est pas des pédophiles,
c'est des alcooliques qu'ils prennent
pour s'occuper des enfants !

Bleu Outremer

Tu peux être fromager sans passer par
l'école… y a pas de bac fromage…

Les Bandits

Le plus vieil os humain qu'on a trouvé,
c'est un doigt de pied.

Le Buisson Ardent

J'aime pas les gens qui rigolent,
on voit les dents.

Café Français

Plutôt que remettre des ours
dans les Pyrénées,
on ferait mieux de remettre des épiceries !

Le Clocher

Le roi des abeilles, il est jamais là.

Le Cosmopolite

Dans le futur, ça sera plus intelligent
d'amener une vache sur la lune
que de livrer du lait.

Chez Dédé

La flore intestinale,
j'y mettrais pas des balançoires.

Chez Bibi

Pas chier dans l'escalier,
on devrait leur apprendre à l'école.

La Capsule

Il est plus que casse-couilles,
c'est un maître-chieur…

Le Chapeau Vert

Le *Livre des records*,
c'est pas plus con que la Bible !

La Côte Rôtie

Le crapaud, il monte sur le dos de la femme crapaud, et s'ils se font écraser sur la route, c'est la faute à qui ? à lui ou à elle ?

Les Camions

Pour le danseur, la chaussette est importante, il a tout un rapport particulier à la chaussette.

La Chicore

Aujourd'hui, Jeanne d'Arc, on la brûlerait sur un parking.

Le Dé Pipé

La Javel, c'est un apéritif en dessous le seuil de pauvreté.

Les Dragons

Le blanc, le rouge, ça va, mais il a un blocage avec le rosé.

L'Arriviste

Ségolène Royal, elle ferait une belle femme de président si le président c'était Villepin…

L'Abri Côtier

Un Ricard avec du Vichy,
c'est police contre gendarmerie !

Chi hua hua Bar

T'envoies la police scientifique,
tout de suite ils vont lui trouver du foie gras
sous les ongles à la bonne femme Sarkozy !

Le Bar Ba Papa

Quand on a pas de papiers,
on fait pas des enfants !

Le Brise-Glace

Sarkozy, faut le refoutre à l'eau,
il a pas la taille.

Les Bobos

Un femme, c'est pas fait
pour diriger !

La Bouffe

C'est surtout les bonnes femmes
qui sont des mammifères.

Les Boxeurs

L'Europe à un, que la France !

Café Piotr

C'est pas la peine de faire un ministère de
l'Identité nationale, ça se voit tout de suite !

Le Boul'Mich'Café

Du Ricard avec du kiwi, j'hallucine !

Café des Artistes

La culture, moi j'aime pas ça.

Au Chat qui Pêche

On a pas besoin d'un sujet de discussion
pour discuter nous…

Le Chef

Même si on est des milliards
sur terre, moi je parle à
une douzaine de terriens,
pas plus.

La Cocotte

Le mec qui a une pile cardiaque solaire
va pas marcher à l'ombre !

Chez Rita

Avec le réchauffement de la planète,
ils vont nous en vendre
des conneries pour rafraîchir
la maison…

La Cabane

Même les taureaux,
quand ils parlent corrida,
ils s'engueulent.

Le Doudou

Le Costa Rica, c'est le café,
mais les tartines, c'est nous.

La Dent

Quand j'ai froid, j'ai la bite,
c'est un petit légume de printemps.

L'Étagère

Fallait voir la « fête des voisins »
pendant la guerre, tout le monde
dénonçait les voisins juifs !

L'Eau Vive

Quand t'es con, c'est pour la vie,
et même après.

L'Épinoche

Ils sont moins cons que nous les escargots,
ils mangent la salade dans le jardin !

Le Fla Fla

J'avais un chêne, il a donné son corps
à la charpente.

Les Filous

Un glaçon, Archimède ?

Le Festin

Personne sait ce qu'il y a derrière
le prix des légumes.

Fantasia

Elle va mourir… elle ne souffre pas,
tant mieux ! ça va… ils lui mettent
« Télé matin ».

Le Festival

Un pied, ça voit jamais personne.

Le Gai Pinson

La qualité, t'en trouves de la bonne
et de la mauvaise, ça veut rien dire.

Le Game Boy

Chez eux, c'est le chien
qui commande !

Le Guignol

Tout le monde me félicite
pour mon persil plat !

Le Gai Ris Donc

La fuite des cerveaux, c'est pas nouveau,
tout le monde a une fuite.

L'Indien

Quand tu vois Jésus et Bouddha,
c'est pas la même alimentation…

La Potée

Si le docteur me trouve un cancer,
je lui fais bouffer !

Le Jonc

J'y vais jamais à la bibliothèque, leurs trucs,
je sais même pas de quoi ça parle.

Les Lycéens

Sartre, c'est les rillettes,
et Simone de Beauvoir, c'est les graines de chez Vilmorin.

La Lune Rousse

Au Brésil, la plume au cul,
c'est le costume national.

Les Mots

Ses ailes de géant l'empêchent de marcher !
Ses ailes de géant l'empêchent de voler !
Ses ailes de géant l'empêchent de travailler !
Ses ailes de géant l'empêchent pas de boire !

L'Ambigu

Après un tsunami, tu retrouves du poisson dans les clochers.

Les Amants

L'électricité, au microscope,
tu verras rien.

L'Assiette Bleue

Vous avez une cuisinière électrique ?
alors quand vous faites des confitures,
elles sont nucléaires.

L'Ami Pierrot

J'aime que les chansons en noir et blanc.

Glouglou Bar

En Afrique, ils habitent à côté du puits
pour chercher l'eau, nous, c'est à côté
de Carrefour pour chercher la bouffe.

Café Tigre

Le foie, il a bon dos…

Le Buzz

Plutôt que faire une offrande aux esprits
de la mer, ils feraient mieux d'appâter !

Le Baryton

Si y a le feu dans le tunnel, je bouge pas !
À la limite je préfère crever
dans ma bagnole que à pied !

La Boule au Plafond

Sarkozy, c'est le patron du bar,
et Fillon, c'est le serveur.

L'Anti-Moine

Quand on entre dans le frigo à viande,
c'est comme la banquise avec du bœuf…

Les Ailes

On parle avec la bouche, on pourrait très
bien écouter avec la bouche,
c'est pas la peine d'avoir des
trous partout.

Lili Bar

Les enseignants, soit ils sont en grève,
soit ils sont en vacances, soit ils sont malades,
soit ils sont en retard, soit ils puent la bière,
soit ils puent le tabac !

Bar de l'Étrange

Les banques, c'est des voleurs,
l'argent maintenant faut aller
le chercher dans les murs.

Le Beau Marché

Ils m'ont dit, « défaut de maîtrise
au volant », ça m'étonnerait,
j'ai même pas dégueulé.

Le Bastion

Trois degrés de plus en cinquante ans,
on va choper le paludisme breton.

La Bourrasque

La France vue du ciel,
c'est le festival du Velux.

Les Boulistes

Le vampire suce le sang, mais si y en a pas,
il prend un sandwich comme tout le monde.

Café d'Ailleurs

Pour les poissons, le ver de terre,
c'est du bœuf, l'asticot,
c'est du veau.

La Coupe du Monde

Le contraire du talon d'Achille,
c'est la cheville ouvrière.

Capitaine Cap

Son estomac, c'est comme un gros verre
avec deux pieds !

La Lucarne

On digérerait les emballages, ça nous ferait
moins de poubelles à jeter.

Chez Fredo

En Afrique, ils vont à l'école,
mais c'est que pour la cantine.

Au Chalut

Les Compagnons de la chanson !
t'as pas connu ça toi !
t'es trop
con !

Le Cabanon

Moi, si je suis enceinte de ma mère,
j'avorte tout de suite !

Le Chicon

L'école du cirque, si t'as pas fait tes devoirs,
le lion te bouffe !

Le Diplodocus

Ingrid Betancourt, on comprend,
mais enlever un chien !

Les Deux Bandits

Avec tous les paysages lunaires qu'on a sur la terre, c'est pas la peine d'aller sur la lune.

Le Déréglé

Le pape, ça fait partie de l'Europe ?

L'Écu d'Or

C'est sale un clown près d'un
enfant malade.

La Fée Bleue

– J'ai un copain, il a jamais fumé,
il a le cancer du fumeur.
– C'est pour ça que moi je fume !

Le Grenier à Pain

Ils ont fait des expériences avec des
médicaments sur des enfants en Afrique,
au moins, ils sont morts pour quelque chose
d'utile…

Le Gibier d'Eau

Quand tu pêches à six heures du matin,
ça veut dire que le poisson il mange
des asticots à six heures
du matin.

La Gougère

Si la vie existait après la mort,
es banques nous feraient prendre
des comptes.

L'Inconnu

Ce soleil, c'est chronique d'un apéritif
annoncé…

La Java Bleue

Avec toutes les bombes atomiques,
on peut détruire mille fois la terre,
alors pourquoi on le fait pas ?

Le Laurier-Rose

Il fait beau dans le centre, on s'en fout,
personne habite le centre de la France…

La Longue-Vue

Quand t'as pris une tuile sur la gueule, tu dis
plus que le vent c'est une énergie douce !

Le Miami

Tous les Noirs qui naissent, on les bague,
comme ça on sait d'où
ils viennent.

La Maison Jaune

Comme j'ai le café juste en face de chez
moi, je vois bien que chez moi,
y a jamais personne.

La Matelote

Je suis pas du tout raciste, même à la limite,
c'est mon défaut.

Mistinguett

Un nuage, c'est une sorte de portable,
par rapport à l'eau du robinet qui est
le téléphone fixe…

Les Négociants

Elle va vous manquer à vous,
la banquise ?

L'Origan

Tout le monde se parfume,
vous verriez l'ANPE comme ça sent
le chômeur à la lavande !

Le Rabat-Joie

Pour dépister la prostate, il faut mettre
le doigt dans le cul, c'est des trucs que
tu sais pas quand tu veux être docteur.

Les Remous

C'est pas un con ordinaire,
c'est la Pléiade !

Sur l'Île

Dalida, on saura jamais la vérité…

L'Ascension

Toutes les connasses de la télé,
il leur faudrait la grippe aviaire !

L'Archipel du Goulot

Si tu meurs, je bois ta bière et je la paye pas,
y a plus de droits
de succession !

Sissi Bar

L'eau, c'est un condiment.

Le Bar d'Ici

Le biocarburant, moi je le mets
dans le chauffeur…

Au Bon Plan

Une puce, elle peut sauter vingt fois
sa hauteur mais ça sert à rien,
elle fait pas de sport.

Le Boulodrome

Quand la poste sera privée,
le cachet fera plus foi.

Le Bon Bout

Si j'étais député je saurais pas quoi faire comme loi, à part qu'on peut pas nous retirer le permis…

La Balance

J'aime pas marcher, moi je marche que quand je sais plus où je suis garé !

Les Bérets Verts

Le saumon retourne là où il est né, alors que l'homme peut mourir où il veut.

Le Bel Ami

Tout le devant du cerveau c'est du gras pour quand tu te cognes.

Le Bouclier

Si on veut protéger la planète, déjà, il faut supprimer tous les gros animaux…

Le Boniment

On est mieux ici tous
qu'à tout seul…

Café Charbon

Ici, c'est la pompe à bière qui fait la pluie
et le beau temps !

Café des Artistes

C'est l'heure de rentrer chez soi et de mettre
le pull à l'endroit,
jeune homme…

Chez Toi

On est allés au salon de la randonnée,
il est resté assis dans la bagnole…

Chez Jojo

Tu peux être sûr, la fin du pétrole,
ça sera la fin des Arabes.

La Cabriole

Tchekhov, c'est Anton,
tout ce que tu veux à parier !

Le Compagnonnage

L'alcoolisme, c'est une sorte de sensibilité,
finalement…

La Chouette

Un grand pianiste qui a la colique,
c'est comme s'il se fait hara-kiri.

Les Centenaires

Ils ne nettoient jamais le désert,
on trouve des scorpions
dans les boîtes de Coca.

Le Canot

L'éleveur, il compte pas ses heures,
remarquez, la vache,
elle compte pas ses litres.

Le Coucher de Soleil

Il perd ses cheveux à toute vitesse,
la taille d'un petit terrain de foot
par jour.

La Charrette

Jamais tu fais du gigot si t'as pas
de famille.

Le Croque-Mitaine

Même quand il va sur Internet,
il se promène pas, il fait un jeu,
il reste là.

Le Dandy

C'est des saucisses qui sont faites sous X,
on sait pas qui c'est
le charcutier.

La Distraction

Moi tout me va, j'aime rien.

Droit Devant

Ils ont flashé ma voiture,
c'est un chien qui conduisait…

À l'Erreur

Les dauphins, ils ont l'habitude
de passer à la télé.

L'Épatant

Les élections le dimanche, ça me fait vendre
des gâteaux…

L'Ensorceleur

Ils m'ont mis à l'hôpital psychiatrique,
le temps que chez moi ils changent le lino.

L'Étoile Noire

Avec leur maïs transgénique, les poules,
on va en faire des lampes.

Le Flan

Si tout le monde est riche,
ça a plus aucun intérêt…

Les Flots Bleus

L'Éducation nationale, tu parles !
et d'abord, la vraie éducation,
c'est communal !

Le Fournil

L'égalité des chances, déjà ça existe au Loto
et on gagne jamais !

La Fourmilière

Le rectum, c'est pas un jouet !

Le Frichti

Quand il fait beau je mets plus d'eau,
ça fait le pastis tamisé.

Le Grand Angle

On ne peut pas aller direct sur la lune
à cause de tout le merdier des attractions.

Le Goulot

Dix heures de comptoir sans bouger,
c'est une forme de yoga.

Les Grognards

– Le bébé panda, il mange les crottes
des parents.
– Eh ben… si nous on faisait ça…
on aurait pas fini d'avoir
la gendarmerie !

La Garçonne

Si le livre est trop gros, après c'est le papier
qui passe devant…

Le Grand Soir

Plus la banlieue est pourrie,
plus les barres ont des noms de fleurs.

L'Île de France

Qu'est-ce qui nous prouve que les maths
c'est vrai ?

Le Joyeux Luron

Le requin, il a pas besoin de porter une dent
de requin autour du cou !

Le Lapin Curieux

Les vieux, c'est la mémoire de la société
sauf que ces cons-là,
ils se souviennent de rien…

Le Lever du Roi

– Le tournesol que j'ai sur ma fenêtre,
je l'ai bien regardé, il ne suit pas le soleil.
– C'est une race de tournesol
qui ne bouge pas,
pour les peintres.

La Maison Rose

Les actrices françaises, on dirait
des caissières !

Le Meunier

Une vache, c'est pas de la
vraie faune.

Le Mozart

Pour trouver des communistes,
faut soulever les cailloux maintenant.

L'Assurance

Le Louvre c'est déjà un musée, alors dans mille ans, je sais pas ce que ça sera devenu.

L'Animal

À l'époque de Maigret, y avait pas l'ADN,
il buvait une bière et il trouvait
tout de suite l'assassin.

L'Ami Pierre

Un lièvre peut vivre douze ans,
mais vaut mieux le bouffer avant.

Fanfan Bar

Un boucher ne donne pas ses organes !

La Bienveillance

J'ai vraiment la facture EDF
de monsieur et madame
Tout-le-monde…

Le Black Jack

Le meilleur argument scientifique,
c'est que t'es con quand t'es saoul.

Le Bilan

Moi si j'ai le sida, j'encule mon chien
pour qu'il meure avec moi !

Chez Fanfan

Les Beatles, même s'il en manque
ils peuvent se reformer, alors que Dalida,
comment tu veux qu'elle
se reforme ?

La Cervoise

J'ai le vertige, habiter sur une autre planète,
je pourrais pas…

Le Constat

Moi s'ils m'offrent le plein d'essence,
je vais voter…

Les Canoteurs

L'abstention, c'est une sorte de grève de la faim.

Le Cheval Bleu

– Ils ont trouvé un serpent de quatre-vingts centimètres dans
les égouts.
– Vous parlez de Sarkozy ?

Les Commis

J'achète de la bière sans alcool, mais c'est pour les gosses.

La Cantatrice

La gauche, ça marche si on est dans la merde, la droite, ça marche si ça va bien…

Casque d'Or

Les députés ça sert à rien, ils font que les lois.

Le Décapsuleur

Elle sait quand il faut qu'elle rentre,
oui mais ça c'est l'instinct maternel !

Le Douze

Pour celui qui veut travailler, y a du travail !
et pour celui qui veut rien foutre,
y en a aussi d'ailleurs…

L'Échafaudage

Y a trop de monde sur Internet, bientôt,
y aura plus de place.

L'Exploit

Il est hybride, il boit de l'essence
et après il s'électrocute.

Les Fanfares

Faire le plein, c'est pas de
la mécanique.

L'Alphabet

Rabelais, c'est pas très distingué.

Didi Bar

Le RMI, les allocations familiales,
il sait tout faire.

La Bidouille

La reine, elle a de la gelée royale,
et les ouvrières,
elles ont des nouilles.

Au Bout de la Nuit

Dans le désert tu marches sans but,
et après tu reviens comme un con.

Le Bonjour

Tu manges un œuf,
l'œuf il a rien mangé,
y a pas de chaîne alimentaire.

Le Biberon

Avec cette chaleur, va falloir ranger
les camemberts à la morgue.

Chez Barberousse

Ça va être la fête du double vitrage leur fête
de la musique…

Le Boulevard

Leur Europe, ils ont qu'à la foutre en Chine
s'ils y tiennent tant que ça !

La Broche

Le ciel y a des nuages et c'est tout,
c'est du désert…

Chez Ma Tante

La pollution, c'est mondial, déjà mon voisin
quand il fait ses merguez
ça pue à un kilomètre ! alors
le nucléaire…

L'Assise

Les jeunes ça sait plus boire,
au bout de deux verres ça roule des joints !

L'ABCD

Si tu bois pas, tu veux parler avec qui ?

Le Top Bar

L'Europe, ça peut pas aller beaucoup plus loin que où c'est…

Le Bizzeness

L'ADN, c'est une balance !

Le Bon Cœur

Le don d'organe, tu veux donner
ton cœur, ils disent non,
on veut pas le cœur,
on veut le foie ! non mais…
on est pas Carrefour !

Chez Titi

Adopter un enfant,
c'est tellement difficile, c'est sûr tu vas pas
en prendre un qui louche !

Le Caveau

La pire expérimentation
qu'on fait sur les animaux,
c'est la cuisine !

Les Comédiens

Le réchauffement de la planète,
tu parles ! t'as vu le temps qu'on a,
en plein mois de juin !
On a pas encore assez pollué
moi je trouve !

La Closerie

Moi je pourrais pas rester avec une femme
qui change sans arrêt
de robe…

Les Charolaises

La cervelle aux câpres, la câpre,
elle se prend pour Einstein !

Le Cocorico

Ça sent bon quand on tond la pelouse, les
vaches elles pensent qu'on fait la cuisine…

Le Coup de l'Étrier

L'administration, c'est la jungle,
mais sans Tarzan.

Les Délégués

Une huître, avec une impureté, elle fabrique
une perle, une moule, avec une impureté,
elle fabrique la chiasse.

L'Étendard

Même si c'est des feignants, à EDF,
ils ont des infrastructures.

Le Fil à Plomb

C'est pas le carbone 14 qui donne l'âge de
l'homme, c'est les bougies sur le gâteau !

Le Fier-à-Bras

Le temps, on sait même pas ce
que c'est…

La Fourche

Le soleil, ça fait vieillir plus vite
que le vin blanc.

Les Fossiles

La pizza, c'est bien, c'est bigarré.

La Frégate

Quand t'es nain, en fringues,
t'as pas plusieurs tailles.

Le Glaçon

Le Grand Prix de Monaco,
si tu rates un virage,
chaque fois tu rentres dans une banque…

La Gamelle

Œil pour œil, dent pour dent,
tu me payes une bière, je te paye
une bière.

Le Gibraltar

Un chômeur de longue durée,
tu peux rien faire, c'est intrinsèque.

Le Kangourou

Faut être patient pour s'enrichir avec les petits pois…

La Lune Rousse

Les comiques, ils vieillissent
et ils veulent faire du tragique,
c'est pas compliqué les comiques.

La Lagune

– Le Tour de France, ça part de Londres cette année.
– Qu'ils y restent !

Le Maquis

Comme il fait pas beau,
je vais acheter un camembert.

La Marotte

Mon problème,
c'est que je réfléchis trop.

Chez la Mère Michel

– La France, c'est la terre des droits
de l'homme.
– Et de la vigne…

L'Œnologue

Quand on mâche,
on est pareils que les animaux !

Les Argonautes

Avant que le couple il ait un gosse, déjà
je ferais passer un examen avec un chien.

L'Atlas

La cervelle, c'est quand même sacré.

Coco Bar

On est la planète bleue,
c'est normal que ça soit humide.

Le Bock

Le cheval, il a deux mains droites
et deux mains gauches…

Le Beau Matin

Si tu fais du cinéma
et que tu veux pas être à poil, tu changes
de métier.

Circus Café

C'est les gosses qu'il faudrait mettre
avec des maîtres-chiens !

Chez Tout le Monde

On en fait plus un fromage
de l'atome !

Le Chariot

Moi si je me fous le doigt dans la bouche,
je le digère.

Les Constellations

Je suis venu pour l'apéritif durable !

La Croix Rouge

Une mouche, quand il fait pas beau,
c'est encore plus énervant !

L'Effort

Il faut mettre les livres au frigo.
Quand tu lis sur la plage,
ça te rafraîchit.

La Comtoise

Le flocon de neige descend doucement,
par rapport à la pluie qui fonce
comme une connasse.

L'Échauffourée

À New York, personne regarde
les nains.

Au Fil Rouge

Ils se font chier dans le désert ! résultat,
ils mettent des bombes !

Les Fêtards

T'es pas à l'anniversaire de l'ANPE ?

Le Fier

Les gens du voyage, faut pas
qu'ils s'arrêtent…

La Faucille

Pour aller dans un musée gratuit,
faudrait qu'on me paye !

Les Fournisseurs

La mort, c'est inné, sauf si c'est un accident
de voiture, là c'est acquis.

Au Gosier Sec

Ségolène Royal, si elle finit secrétaire de
mairie, elle aura de la chance !

Les Gamins

Si tu passes l'alcool de 0,5 gramme
à 0,2, c'est pas ça qui va nous
faire maigrir…

Les Moulinets

Plus du tout d'alcool dans le sang,
c'est les artères qui se durcissent…

Le Manchot

Le bébé, il passe tout le début de sa vie
à chier dans son froc,
ça doit taper sur le système.

Le Minuit

Quand t'es trop hanté par la mort,
le mieux, c'est de mourir…

La Maîtrise

Un chanteur d'opéra, c'est aussi pas
pratique qu'un piano…

Les Navigateurs

La main, même si t'es con,
ça fait des jolis gestes.

Le Néron

On a le droit de regarder le cul des filles, c'est pas un numéro de carte bleue.

Le Nil

Les cèdres, ils sont mieux ici qu'au Liban, parce que là-bas, avec les bombes qui tombent…

L'Ouvrage

Un gendarme qui tue toute sa famille, ça fait une famille de gendarmes en moins.

L'Ourson

J'aime pas la Chine de la télé, je préfère la Chine profonde.

Au Plein Air

J'envoie chier les clients, mais poliment…

Le Passé Composé

On a jamais retrouvé le trésor des Incas,
si ça se trouve, c'est des carnets de chèques.

La Préfecture

C'est bien les vieux les
plus heureux !

Les Potes

Dans sa vie, il a tout bu, son foie,
c'est un musée.

La Plume d'Oie

Le moral qui monte, le moral qui descend,
c'est l'heure d'été l'heure d'hiver tout ça…

Au Grand Poucet

Le dopage, c'est l'essence des coureurs
cyclistes, d'ailleurs c'est le même prix.

Le Pare-brise

La biscotte, c'était révolutionnaire
à une époque…

Le Principal

On a qu'un nain en France,
et en plus c'est une femme !

La Quatrième Dimension

Ce qui est bien avec les cheveux,
c'est que ça va à tout le monde.

Le Rabiot

Je te dis, c'est un chien qui a découvert
l'espace !

La Règle de Trois

Souvent ce que j'aime pas dans un pays,
c'est les gens.

Au Sans Soif

Quand je pète ça fait pas de bruit,
je me suis insonorisé les fesses.

Les Secrétaires

Déjà si t'es pas feignant au départ,
t'es pas prof.

La Salamandre

La mère elle croit que c'est son enfant parce qu'elle accouche mais si ça se trouve c'est pas le sien…

Le Tourlourou

Si t'es là quand le poussin sort de l'œuf, il croit que c'est toi la mère… si c'est pas des cons ceux-là aussi…

La Tour Ronde

Ça porte bonheur d'être heureux.

Les Traverses

Nos poubelles, faut les foutre en Chine, y a de la place !

Le Tambourin

Une cuisine dans une péniche, t'es obligé de faire des spaghettis.

Le Vire Volte

Avec l'évolution, un lézard devient un cheval, je vois pas pourquoi une fraise devient pas une tortue…

Les Alliés

Un mec immortel à partir de trois cents ans, tu le verras pas beaucoup sur un vélo…

L'Apollon

Ils remettent des ours dans les Pyrénées, ils ont qu'à remettre des vaches dans Paris, y en avait avant…

Cricri Bar

C'est un nid à fractures la clavicule.

Le Blitz

Sarkozy, il a été élevé au tapioca…

Le Bilbao

– Le car a raté le virage, il a décollé,
il s'est écrasé en bas dans le ravin.
– C'est con de prendre le car et d'avoir
un accident d'avion.

Café Pagaille

Le blanc c'est salissant,
mais c'est le noir qui salit.

Chez Tonton

Quand tu lis le journal c'est déjà trop tard,
les choses sont déjà arrivées.

La Cabine

On est tous nés d'origine pornographique !

Le Chaud Froid

Quand t'as un bébé, les nichons
c'est bien, t'as toujours du lait sur toi.

Le Cyclopède

Je bois pas que du liquide,
je mets des glaçons.

Le Dizi

Un uniforme de gendarme, même au lavage,
ça reste un uniforme
de gendarme.

La Flotte

J'aimerais bien être enterré dans de la terre
de bruyère…

Le Fugitif

Si Sarkozy s'était tapé Sophie Favier,
c'est elle qui serait à l'Élysée !

Le Grand Écart

À « L'amicale », c'est pas grave
si t'as pas d'amis,
du moment que
tu cotises.

La Gazette

Y a des enfants tellement jolis,
ils sont à mettre au mur !

L'Influence

Dans les pubs, les parents qui font chier les gosses, c'est toujours bien.

La Pleine Lune

Moi je les fais pas les prélimilogues…

Le Milou

Les olives sur le comptoir, c'est bien,
ça fait un peu de végétation…

Le Monte-Charge

C'est un vieux dragueur, il a toujours la dent
de requin autour du cou
mais c'est une molaire…

La Marinade

Dans l'intérieur du corps, moi, j'y mettrais pas un gosse.

L'Œuvre

Un satellite dans le plafond du bistrot,
ça suffit pour nous suivre.

L'Oiseau Bleu

Sur les panneaux routiers, c'est pas marqué
qu'il faut pas boire !

Le Prestigieux

Tous les gens morts sur la route,
faudrait les enterrer au bord de la route,
pour calmer les autres…

Le Pot d'Étain

À la télé, je regarde que les animaux,
les gens, je les ai assez vus.

À La Paresse

Quand tu meurs, faut faire une croix sur
plein de choses…

Le Paradis

Pour qu'ils pédalent, faut les doper, en plus faut les payer…

Les Quatre Quatre

Le Léman, il est plus grand que le lac d'Annecy, c'est normal, ils payent pas d'impôts.

Le Rocher

Une équipe qui s'appelle « Caisse d'épargne », je vois pas comment elle peut gagner.

La Ritournelle

Je suis peut-être con, mais ça m'empêche pas de réfléchir.

Les Songes

Un handicapé moteur, il lui reste quand même la carrosserie.

Le Sans Pareil

Je bois la bière des Vikings,
ça fait une vessie d'athlète…

Le Bon Samaritain

Si on est fait que d'eau,
pourquoi on pourrit ? On devrait s'évaporer.

Le Tape-Cul

Loïc, c'est « Cinquante millions
de consommateurs » à lui tout seul !

Le Tournevis

Au début des vacances tu dors,
après tu te fais chier, à la fin tu redors.

Les Trams

Moi j'en bouffe du ris de veau,
j'ai pas peur de la grippe aviaire !

Le Torchon Bleu

Les gendarmes, je les sens,
j'ai le nez qui voit le bleu.

Les Trois Grâces

La lèpre, c'est africain comme maladie,
pas le diabète.

L'Apnée

L'eau sur Mars,
ça permettra de laver les fusées.

Le Mini Bar

J'ai la moustache depuis que
je suis petit.

Le Bon Cœur

La sagesse asiatique, déjà,
y a pas de couteau à table…

Le Flap

Mon problème, c'est que je suis né
entre deux générations…

À la Fuite du Temps

Mon chien y m'embrasse,
et mon gosse y me mord !

Le Frisson

Tout le monde a la montre au poignet,
comme une invasion de gui.

Le Galilée

Dans les camps de nudistes,
on voit pas qui est chef.

Les Masques

Les gourous, souvent, c'est pour enculer
des gosses.

La Madelon

On a pas besoin de géants du cinéma,
tout est de la vidéo.

Le Marsouin

Souvent, c'est les lendemains de cuite
qu'on boit le plus.

La Marée Haute

Pour que j'aime la musique classique, moi,
faut un peu plus que du Mozart !

Les Nostalgiques

On ne voit pas le vent,
sinon on verrait qu'il a vieilli.

Au C'est Ouvert

On te greffe le foie, on te change tes pneus,
le garage est en face
de l'hôpital…

L'Oratoire

On a les mêmes inondations que
dans les pays pauvres…

Le Pot de Fer

Un mois de pluie en une journée, putain,
ça arriverait pas avec un mois de paye !

Le Pinocchio

Quand j'étais petit, je faisais ma prière,
tous les soirs, j'ai même pas eu mon bac !

La Presse

C'est pas la peine d'avoir des belles plages
si c'est pour les couvrir
de serviettes…

Le Panaché

Ils remettent des ours, des loups,
dans pas longtemps ils vont nous remettre
des lépreux !

Le Rive Gauche

Le Bouddha vivant, il a des lunettes.

La Remorque

À force de manger trop salé,
c'est toi que tu te sales la viande.

Le Rigodon

Aux cabinets, je donne libre cours.

Le Radeau

C'est aux gosses à se démerder
avec l'avenir !

La Samaritaine

Sur la plage on voit les gros culs
mais à la montagne aussi,
on marche les uns derrière les autres.

La Société

On a pas le droit d'arroser les pelouses
alors que le Bangladesh
ils ont de l'eau jusque-là !

Le Tango

Le pire pour le cœur c'est le calcaire.

Les Tribuns

Quand je lis, ça monte pas dans ma tête,
ça reste dans les yeux.

Le Grognard

C'est les catholiques qui ont l'horoscope,
ça marche avec
notre calendrier.

L'Ovalie

Du bœuf, du poulet, de la saucisse normale,
du chorizo, du jambon,
c'est l'arche de Noé sa pizza !

L'Atomic Café

Si la banquise elle fond, ils auront qu'à foutre les ours blancs dans les Pyrénées.

Le Ch'ti Bar

On amène des maladies aux pygmées, mais des fois on ramène des araignées dans les valises.

Chez Poustache

L'absinthe, la syphilis, avant c'était facile de devenir fou…

Les Citadines

Dans le pot-au-feu de poissons t'as pas l'arête à moelle…

Le Chevalier

Les marais, c'est oisiphère.

Le Coup de Bambou

C'est Andy Warhol qui a trouvé la
Vache Qui Rit.

Le Comme Ça

La planète Mars, d'entrée,
ça sera non fumeur.

L'Électron Libre

Le pédophile, moi je l'obligerais à se taper
des vieilles.

L'Échauguette

Faut pas se moquer d'un pays qui est le trou
du cul du monde, il pourrait se boucher.

L'Esprit

La poule elle pond,
t'as pas de poule qui pète…

Les Fantaisies

Les grands peintres étaient malheureux,
alors ceux qui ont créé une merde,
je te raconte pas…

Les Fidèles

Ils nous ont bien pris pour des cons avec
leurs proverbes les Chinois !

Le Golfe

Il ne faut pas manger avant une
échographie, sinon tu vois le bébé qui flotte
dans le pâté !

Le Grigri

On veut faire l'Europe ? déjà en France
et en Angleterre on bouffe pas pareil !

Le Madiran

Tous ceux qui naissent le même jour
devraient mourir le même jour,
ça serait mieux foutu.

La Mi-temps

Un Noir avec les cheveux blonds,
c'est pas très malin de sa part !

Le Mondrian

Une vache, elle est plus près de la vérité
que nous…

Le Mezzuin

Je serais président de la République,
je me foutrais pas avec une bonne femme
qui est plus grande que moi !

Le Mironton

Les éoliennes, c'est bien, mais on sait pas si
du vent on en aura toujours…

Les Noces

Les pêcheurs gagnent pas leur vie alors que
la terre c'est que de l'eau, qu'est-ce que
vous voulez que je vous dise…

À l'Ortie

Le niveau de la mer qui monte, ça fera chier que ceux qui habitent au bord de l'eau, c'est pas vrai ce que je dis ?

Les Passants

Le Ricard, c'est plein d'oméga 3.

Le Panache

Dix heures déjà ! putain,
avec l'apéritif à onze heures,
j'aurai rien foutu de la matinée !

Le Parisien

Tu conduis la fenêtre ouverte ?
t'es tout coiffé en queue de poisson !

Les Palombières

Les malformations congénitales,
faudrait foutre les parents en prison.

Le Patachou

On est pas fabriqué pour apprendre l'anglais, dans le cerveau c'est du français.

Au Pousse-Rapière

Moïse, il sentait pas le savon !

Les Quatre Coins

Le pédophile, faut lui couper la bite, et s'il récidive, faut lui recouper !

Les Rieurs

Je sais pas si l'énergie solaire c'est pas cher, en tout cas, l'été tout est plus cher…

Le Rendez-vous

Ségolène Royal, Lady Di, toutes ces gonzesses, ça durera pas longtemps.

Le Roitelet

Pour un Arabe, le Coran, c'est bien écrit, mais pour un Français…

Le Roi de Cœur

Ce qui est bien avec un lac, c'est que
tu peux aller boire un coup en face.

Sur le Vif

La Grèce qui brûle, on s'en fout,
ce qui est beau là-bas, c'est la mer.

Le Saint-Frusquin

Je m'en fous du film, du moment
que c'est bien.

Les Sablons

Les incendies en Grèce, moi je savais même
pas qu'ils avaient des arbres là-bas…

Les Sprinters

Google, ils sont milliardaires,
glou-glou, encore plus !

Le Treize

Quand je bois, je compte pas
mes heures.

Le Téléphérique

Les dents trop blanches,
ça fait africain.

Les Tablettes

Il est con, mais c'est juste
pour participer...

Les Taxis

J'ai vu un sosie de Johnny,
exactement la gueule à Adamo.

L'Anarchie

Toutes ces maisons qui brûlent en Grèce,
ça leur fait des nouvelles ruines...

Le Maxi Bar

Avec un chewing-gum sous la semelle,
tu perds une seconde au cent mètres...

Le Petit Bastion

Dans une coquille d'escargot,
ça doit résonner là-dedans !

À la Bataille

Le tri des déchets, j'emporte un peu des
boîtes sinon j'ai que
des bouteilles…

Le Bon Plein

Trois heures, quatre heures du matin,
personne regarde les étoiles,
ça reprend à cinq heures.

L'Andalouse

J'éternue ! J'éternue depuis ce matin !
C'est le pollen qu'ils font
avec leurs travaux !

Le Bâtonnier

Je supporte pas la pêche avec le ver qui se
tord de douleur !

Au Bonheur du Verre

Un congrès des cardiologues,
c'est toujours à Vienne.

La Belle Équipe

Au football ils jouent avec les pieds
pour pouvoir faire des chèques…

Les Braves

On aurait de la cervelle à la place
de la moelle, ça serait ça en plus.

Le Petit Creux

Avec son nez cassé, faut lui écraser
les odeurs à la fourchette.

Les Bacchanales

Ben Laden, on le voit une fois tous
les trois ans, c'est un intermittent
du spectacle…

Chez Bistrot

Les moineaux, c'est les pires, au Chalet
du Port, ils volent les cacahuettes !

Les Clos

Le cancer, si tu te soignes pas,
t'es pas malade.

Le Caprice

Ils font que de la musculation
les rugbymen français, ils se rappellent plus
qu'il y a un ballon !

Le Carnaval

Saoul un jour, saoul toujours !

Le Choisi

La dernière éclipse de lune, j'ai rien vu,
on me baisera pas deux fois !

Les Cinq Continents

Avec les progrès de la science,
bientôt la femme elle accouchera plus,
elle fera livrer !

Le Capitaine

Un utilitaire garé comme une merde,
ça redevient une camionnette.

Le Diderot

Les hiboux, ça vole d'un arbre à l'autre,
comme Tarzan.

L'Éléphant Rose

Avant, on se battait au bal, aujourd'hui,
faut aller au foot !

L'Éphémère

Nous, ce qu'on appelle la faim,
c'est quand ça fait grouic grouic
dans l'estomac…

Le Fil à Pêche

C'est une vraie basse-cour l'Élysée !
Le petit coq ! La dinde !

Le Flamant Rose

Ici je fais du social,
j'ai que
des soucieux.

Le Fer à Cheval

Le ramadan, ça fait comme les régimes yo-yo,
dès que tu remanges, tu grossis encore plus…

La Forge

C'est facile de gagner contre la Namibie,
ils ont pas de chaussures.

Le Frou-Frou

Le cheminot, il a ses billets de train gratuits,
moi, si je me bois la bière à la pompe,
c'est pour ma poche !

Le Guéridon

S'ils reculent l'âge de la retraite,
alors qu'ils reculent l'âge
de la naissance !

Le Grillon

Un intellectuel, ça compte pour
une fille.

Le Maintenon

Avec une voiture « France Boissons »,
tu peux pas faire le con.

La Mascarade

Elle peut plus marcher, elle est devenue
centaure de la chaise.

Les Métiers d'Art

Si on me fait travailler trois ans de plus,
je m'en fous, j'irai pas !… là où je bosse
en plus, personne verra rien…

Le Mazagran

C'est avant que je sois bourré que je fais
attention à ce qui faut pas que je boive…

L'Ouverture

Ça a pas l'air, mais je suis carré.

Au Père Fouettard

Il aurait mieux fait de tuer Ségolène Royal le mec de Noir Désir !

Le Pour et le Contre

Un patron de bistrot, il est le patron tout seul, il a pas besoin d'un Premier ministre…

Le Peter Pan

Dans l'Himalaya, chausser du 51, c'est rien.

Le Populo

Un test ADN, si c'est pour savoir que je suis con, c'est pas la peine !

À La Pesée

Tu peux faire l'Everest sans oxygène, mais tu peux pas sans chaussettes !

Le Plumier

Quand on a un chien qui mord, on a un gosse qui se drogue !

Le Passe-Muraille

Les grands-mères maintenant elles ont les nichons à l'air sur la plage, c'est pas elles qui vont faire la soupe de fèves !

La Tulipe Noire

Travailler plus pour gagner plus, avec les routiers, ça va être travailler plus pour tuer plus !

Le Thermomètre

C'est pas parce que tu mets Johnny à la retraite que tu auras des nouveaux chanteurs…

Le Trou Normand

Le gaucher est plus intelligent, il a deux cerveaux gauches.

La Timbale

Il doit bien ruiner la moquette quand il rentre chez lui Chabal !

Le Social

Ils construisent des ronds-points sans rien
dire à personne aussi !

Les Sourciers

Le sport de haut niveau, t'as la retraite
à trente ans et après
tu grossis.

Le Sans-Gêne

Le juif c'est la tête de Turc.

Le Saint-Glinglin

Pour tirer sur un bonze qui court,
c'est pareil que sur les ballons
à la fête foraine !

La Résille

Le tri des déchets, ça commence
aux frontières.

Le Rencard

– Je rentre au bistrot pour boire un jus d'orange et je ressors bourré !
– C'est nosocomial…

Les Ardennes

Si y avait pas l'arrêt maladie, les gens seraient moins malades.

L'Apéro

En Afrique, les mamans font pas des coquillettes.

L'Arrière-Salle

Le saut à l'élastique… une tonne de moutarde sur une saucisse tu pleures pareil.

Sissi Bar

Les pizzas en province on peut toujours se garer, alors que les couscous, c'est dans les rues derrière.

Chez Franck

La croissance c'est pas bon,
c'est comme ça qu'on vieillit…

Aux Compagnons

Les pompiers, on dirait que ça les amuse
de mettre leur pin-pon !

Le Casimir

L'effet de serre, c'est bon pour
les tomates !

Le Cœur d'Or

Une vieille qui perd ses dents,
c'est moins joli que l'automne.

Les Coccinelles

T'es né sous X ?
Moi je suis né sous Q !

Le Flip

C'est mon foie qui centralise…

À la Mode

Ça fait longtemps que les asticots
ils ont pas eu du dinosaure !

Le Grand Bleu

Un grenier, une cave, une grange derrière,
si t'as ça à Paris
t'es milliardaire.

À la Poussette

Vous m'entendez ou pas ?
Parce que mon téléphone
il est tombé dans la casserole…

La Puce

Le tennis c'est sur gazon, le rugby
c'est sur pelouse.

Le Pourquoi Pas

Moi, je veux bien vivre jusqu'à cent ans
si je meurs pas.

Le Pompette

Les jeunes, j'attends qu'ils vieillissent pour leur parler.

Le Piston

Quand ton père t'a mis un coup de pied au cul, plus tard, c'est collector !

La Pastèque

Toujours tort, toujours raison, c'est pas mieux !

Le San Cho

Je suis sûr, tous les ans, c'est la même mouche qui revient dans la cuisine.

Le Sans Soucis

Ça vieillit mal le Futuroscope.

Le Trou Perdu

Le serpent, c'est une tête qui traîne une bite.

Le Triton

Quand j'ai foutu la merde au bistrot,
je dis que je suis schizophrène.

Les Trois Fées

On pèse le cartable des gosses mais t'as vu
le père le ventre qu'il a !

Le Tribunal

Une empreinte digitale dans le trou du cul,
les experts Miami, ils la trouvent.

La Tablée

Le rugby ils s'en foutent en banlieue,
se rentrer dedans en se tapant dessus,
ils le font déjà toute
la journée…

Les Alliés

Le vrai progrès moderne, c'est quand
on mange ce qu'on veut et qu'on chie
des pilules, pas le contraire !

Le Rock Bar

Moi tu me donnes vingt centimètres
de plus et je suis parfaite !

Le Bon Dieu Sans Confession

Tout le monde se la tape sa femme,
elle a le cul en papier carbone !

Le Bigame

La langue la plus dure à apprendre,
c'est se taire.

À la Biennale

Un vieux qui a cent ans, c'est pas beaucoup,
ça fait seulement dix fois dix ans.

Chez Horace

Les informations régionales, pas plus
de cinquante bornes, après on
s'en fout…

La Fin du Jour

La viande hachée, c'est du labour
à microbes.

Le Pompéi

L'équipe la plus solide, c'est la pelouse
du stade de France !

Les Picaillons

Ducasse, y doit pas faire beaucoup
la cuisine, parce qu'avec des lunettes,
même égoutter les pâtes t'y vois plus rien !

À la Pastèque

S'il nous reste qu'une heure à vivre,
ma femme elle range et moi
je picole.

Le Sous-Marin

Les changements climatiques, ça sera pas
pire que quand il fait beau le matin
et que l'après-midi il pleut.

Aux Scores

Le racisme contre les Italiens,
c'est débile, les Italiens c'est pas
une race.

À la Taloche

Tous les vieux c'est des vieux,
c'est pas des gens…

Au Piquet

Un super-cheval de course ira pas plus vite
avec des roues.

Les Fripouilles

On nous prend pour des cons !
À cinquante francs le paquet,
c'est comme si tu fumes la bite
du buraliste !

Le Ruisseau

Si t'attends trop, t'auras un charnier
de patates germées dans ta cave…

La Trompette

Les riches vont pas au paradis, ils ont des villas sur les collines au-dessus.

Le Tout Tout

Avant la vie, c'est le néant, et même souvent, c'est pendant…

Les Tribuns

Le coq au vin et le civet, c'est consanguin comme cuisine.

La Tortore

Manaudou, elle a commencé comme une grenouille, elle finit comme un bœuf.

Le Triton

Les virus, ça va partout, tu leur mets des casquettes, ils distribuent le courrier.

Le Turbin

Les poulets ont pas demandé qu'on les mange, alors que souvent les hommes ont bien cherché la merde.

Le Tournis

Le soleil fout rien,
c'est les rayons qui bossent !

Le Trimard

Je m'en fous de la taille des chaussures,
tout me va.

Le Mercure

Un peuple qui vit dans la forêt, le dimanche,
il va pas se promener dans les bois.

Le Vignoble

La Banque centrale européenne n'est pas du tout au centre de l'Europe.

À L'Ébréché

Gardien de prison, gardien de square,
gardien de nuit, faut aimer garder.

L'Oseille

Contre la grippe aviaire, on peut quand
même pas mettre un gendarme derrière
chaque canard !

Le Jubilé

On la reconnaît la truite d'élevage,
elle a un cartable et des lunettes.

Les Tamaris

Quand je donne du crottin de cheval à mes
rosiers, je leur dis que c'est de l'engrais
mystère…

Les Virtuoses

Mâcher du chewing-gum, ça oblige
le cerveau à donner des ordres et ça lui fait
sa gymnastique.

La Tombola

Si vous croyez qu'en Inde ils ramassent la crotte de leur éléphant !

Les Vedettes

Celui qui reste dix ans dans le coma, ça lui laisse le temps de construire en dur…

Le Nécessaire

Nous, des hooligans, on en a à la belote.

Le Quiproquo

Je vois pas pourquoi la blancheur c'est éternel ! dix minutes de balade et y en a déjà un qui a pissé dans la neige !

À l'Ouvrier

Je suis plus écologiste dans ma voiture qu'une connasse sur un vélo !

Les Jetons

Le Lido, tu manges, L'Alcazar, tu bois, Holiday On Ice, tu t'enrhumes.

Les Képis

Crétin des Alpes !

L'Obélisque

Neuf mois pour fabriquer un bébé, ça fait même pas un doigt de pied par mois.

Les Jasmins

D'amour et d'eau fraîche, ça finit toujours par, de tendresse et de pinard !

Les Néons

L'Alzheimer, quand tu l'as, tu l'as, on peut pas te l'enlever comme la prostate.

Le Jury

Même le café qui vient d'Afrique,
je le bois au bistrot.

La Table Ronde

Donner du pain aux oiseaux,
au prix de la baguette,
c'est comme si tu jettes des pépites
aux moineaux !

Les Violettes

On est jamais préparé à la maladie,
pourtant fumer tous les jours,
c'est une bonne préparation !

La Torpille

Oui ! si tu fais la route des vins à cheval
on peut te faire souffler,
et si t'es saoul,
ils te prennent les clefs
du cheval !

La Machine à Vapeur

Les pédophiles qui sont sur la toile,
on a qu'à les faire bouffer par
des araignées !

Le Taureau Rouge

Personne a jamais pris un coquelicot
en stop.

Vol de Nuit

Si tu fais l'ADN aux gosses de Sarkozy,
y en a pas un pareil !

La Véranda

Moi, le journal, c'est pas pour les nouvelles,
c'est pour les mots croisés, d'ailleurs
ils en mettraient aux informations de la télé
que je ferais pareil.

L'Uniforme

Sarkozy, il est encore moins que Tapie,
au moins Tapie sa femme
elle s'est pas barrée.

Le Zéphir

Le dalaï-lama, c'est la scientologie
qui le paye.

Les Vétérans

L'apéro, c'est de l'espéranto.

La Voile Bleue

Le jazz, ça vient des champs de coton,
l'acrylique, c'est pas la même culture.

Le Napoléon

Si le niveau de la mer monte,
ça fera plus d'eau pour se baigner.

Les Osselets

Un 4 × 4 ça va dans les bois mais ça roule
pas à l'essence de mûre !

Les Notables

J'ai une chienne qui rentre jamais,
je l'ai appelée Cécilia…

La Jetée

Il tue une femme à coups de poing,
quatre ans de prison ! À ce
prix-là, moi je tue une femme !

L'Œillet

Les Noirs c'est pas la peine de faire l'ADN,
ça se voit tout de suite.

La Nacelle

À force de faire chier le monde Sarkozy,
il a même plus un clébard chez lui !

L'Os à Moelle

Personne a jamais enculé Vauban !

Le Jour J

L'ADN c'est comme
un panier de champignons,
t'as jamais deux fois le même.

Le Nectar

Chaque fois qu'on boit un Ricard, ils vont nous lire la lettre de Guy Môquet !

La Quenouille

T'en ressors pas vivant de la Halle aux Vins !

L'Oriflamme

Un vieux chêne, on le fout pas à l'hôpital.

La Joie

Le musée du Louvre c'est bien fait, y a des toilettes partout.

La Niche

Tu peux pas faire du bon vin dans un mauvais tonneau, alors que n'importe quelle connasse peut faire un gosse !

Les Veinards

Au Pakistan, ils s'en foutent de nos grèves du RER et nous pareil, on s'en fout de leurs attentats…

Le Tintamarre

Moi je suis pas Sarkozy ! Avec moi ça serait un coup de pied dans le cul la Cécilia !

Les Témoins

Cécilia, on a pas fini de lui voir ses nichons dans *Voici* !

Le Petit Zinc

Quand j'ai perdu mon doigt de pied, je suis devenu quelqu'un d'autre.

Le Vestibule

La théorie de l'évolution, ça marche pas pour tout le monde…

Le Talisman

Le bûcheron qui tue sa femme à coups de hache, il pourra pas en faire des meubles !

Le Nénuphar

Les astronautes, faut tout le temps leur promettre la lune.

Le Jalon

La musculation, plus le pognon, ils sont trop lourds, ils peuvent plus courir les mecs !

La Trinité

– Guy Môquet, il aurait pas écrit à sa mère, on le connaîtrait pas…
– Il aurait téléphoné…

Les Jonquilles

Une overdose ? Quand on sait pas se droguer, on se drogue pas !

L'Original

Le tourisme sexuel, déjà, les avions,
on dirait des bites…

Les Tribunes

Tout ce qu'il sait faire Laporte,
c'est transformer ses joueurs
en jambons…

La Queue-de-Pie

Celui-là, je vais pas le brûler,
je vais le boire !

Le Turf

Les Suisses, ils sont tous bien, en tout cas,
j'en connais un bien.

Les Jumelles

Tous les ans, c'est pas d'heure qu'il faudrait
changer, c'est de vie !

Le Wagon-Bar

C'est triste d'habiter rue des Anciens Combattants d'Algérie…

La Vadrouille

J'arrive pas à boire le Ricard avec de la glace, j'ai toujours peur que ça tombe dans le maillot.

Le Zèbre

Faudra que tu viennes à l'hôpital si ça t'intéresse, je connais plein de fous bien.

L'Unique

Je suis plus allé au bistrot que Guy Môquet il a vécu.

Le Tokay

Tu plies de Gaulle au milieu, ça te fait deux Sarkozy.

L'Urbain

Même Dieu, il savait pas qu'un jour
on roulerait en bagnole.

Le Zapping

Moi, si j'étais à l'Élysée, je ferais comme
Mitterrand, je mettrais deux canards
dans le parc.

Le Grand Veneur

C'est quand je vais pisser saoul que
je trouve des conneries rigolotes.

La Tactique

J'y connais rien en mécanique, je surveille
que les deux niveaux, le niveau d'huile,
le niveau de bière.

Les Tilleuls

Ça fait peur ça, un plan de
myrtilles géantes.

Le Vitrail

T'es pas obligé de chier dans ton froc pour être différent !

La Turballe

Ce qui est chiant avec le rugby, c'est que le ballon, il est en chewing-gum.

Les Nocturnes

Si on la voit pas boire du Ricard, elle a la tête d'une dame qui tient une bibliothèque.

L'Objectif

Lui y sait même pas comment l'herbe elle pousse ! et il va me dire que je bois trop !?

L'Oranger

La bière dans un verre en cristal, elle ose pas mousser.

Le Quitte ou Double

Moi si on me dit que j'aurai pas de retraite,
je commence même pas
à travailler !

L'Olympique

Avec mon mari on peut se parler que si
c'est lui qui parle.

La Jonction

Alors lui, tu lui parles cinquante heures
par jour et moi,
tu me parles tous les six mois !

L'Orpailleur

C'est un monde bizarre, la tronche.

Au Nid

Si la sculpture ça pèse trop lourd,
t'en vendras pas.

Le Troc

C'est dans les années cinquante que
la moule est arrivée en Haute-Savoie…
avant, le Savoyard n'avait pas de moules.

Le Vide-Poches

Au mois de novembre, qu'est-ce que
tu veux faire d'autre que te bourrer la gueule ?

Le Ticket

Le Chinois, si c'est pour dire bonjour
bonsoir…

Les Colonnes

C'est bien si le bistrot ferme à deux heures
parce que sinon j'y passe
la journée.

Le Tôlier

Même la NASA ils arrivent pas à envoyer
une fusée quand il fait un temps pourri,
alors une fête dehors avec du vin chaud…

Les Variétés

On est tous un commun des mortels, en fait.

Le Toboggan

Le samedi matin à la poste,
c'est tranquille, le courrier il est light.

Les Vacances

C'est pas moi qui fais le con, à chaque fois,
c'est le facteur qui me fait picoler !

Le Tramway

Le 11 Novembre c'est la mairie,
juste après t'as le beaujolais nouveau,
ça en fait des pots à boire.

La Caisse à Outils

Le beaujolais pour moi c'est pas nouveau,
j'en bois tout le temps.

Le Jouet

Y a des pays, ils mangent les chiens,
et ils se promènent avec des
lézards !

L'Ogre

C'est pas la peine d'aller jusqu'aux cabinets
pour péter, franchement, c'est du luxe.

Les Tréteaux

T'es bénévole dans la
glandouille toi !

L'Omelette

J'ai bien été contente d'être amoureuse
quand j'étais jeune parce que maintenant
je le ferais plus.

Le Timonier

Un jour, la hanche à Johnny,
on la retrouvera dans une brocante.

Les Bons Numéros

Le Japon, c'est en Chine ?

Les Orgues

Vaut mieux être belle et rebelle que moche
et remoche !

Les Quilles

Ce qui est bien quand t'as un café, c'est
que tu travailles à domicile dans un bistrot.

Les Officiers

Je donne mon sang, d'accord,
mais alors ils me redonnent mon permis !

Le Trompe-l'Œil

Mon père y disait toujours,
la fourchette à gauche, la cuillère à droite,
et la bite au milieu !

Le Narcisse

Le rasta, il est coiffé comme un
parc à huîtres !

Le Jura

Avec Kadhafi, Sarkozy peut pas s'empêcher, ça recommence comme Pétain avec Hitler…

Le Kid Bar

L'apparition de la Vierge à Lourdes, c'est des conneries, c'est comme le yéti !

Les Onze

Le permis à points c'est bidon si t'as plus de points tu roules sans permis, faut un permis à pneus, quand t'as plus de points on t'enlève les pneus.

La Nébuleuse

Plus je bois, plus je suis saoul, parce que moi… je suis logique !

Le Kilomètre 60

Boire plus pour rien faire plus !

Le Tric-Trac

Bientôt le saumon faudra le fumer dehors !

L'Odalisque

Si j'avais pas eu le Ricard,
je serais mort de l'amiante.

L'Oreille

Sarkozy, il aime que les enculés,
Kadhafi, Poutine, Bush,
c'est un mec qui a pas eu de père.

Le Juillet

Quand la bonne femme enceinte elle perd
ses eaux, c'est la cérémonie
d'ouverture !

La Trêve

Ils m'ont rendu mon permis,
je me refais les routes, pour savoir si
les virages sont encore dans le bon sens.

L'Urgence

Sur la lune, moi j'habite de l'autre côté,
je veux voir personne.

La Patte-d'Oie

Le mec qui fume à côté de toi,
toi tu fumes autant !
C'est comme si tu bois pas
et que tu te prends un coup de poing
dans la gueule !

Bar du Zoo

Même si tu fumes dans un lieu public,
les poumons, c'est privé.

Le Trapèze

Faudrait des chiens de traîneau pour tirer
les voitures quand on a bu…

Les Vachettes

Entre Noël et le Premier de l'An,
le petit Jésus prend trente kilos !

La Tangente

Avec le réchauffement de la planète,
les nouilles vont être tout de suite cuites.

La Verrerie

Bientôt, on achètera plus des bières,
ça sera un tuyau branché direct
sur Internet.

Le Zodiaque

À la Noël, on picole avec les gosses,
le jour de l'an, on picole avec
les voisins.

Les Yankees

Chaque fois que c'est la Noël,
j'ai envie de me pendre !
Chaque année je prends trois kilos…

Le Tracteur

Carla Bruni à l'Élysée, c'est Régine
au Taj Mahal…

Le Vaillant

À soixante-dix ans, la bite,
c'est un château de cartes.

Au Taquet

Pour la fève dans la galette, moi je prends
un chien des douanes.

Les Totems

Si tu veux surprendre un Asiatique,
fais-lui du gratiné.

La Vrille

Quand il est saoul il aime tout le monde,
il a un cœur dans le foie.

Les Thuyas

Gandhi, le soir du réveillon,
il met son slip à paillettes.

Le Vaisseau

Tout hier on a picolé au-dessus des normes
saisonnières…

Les Us et Coutumes

Travailler plus, au gardien de nuit, on va pas lui rallonger la nuit.

La Tocade

Tu te mets la fève dans le cul et tu vas au Queen, t'es sûr de passer une bonne soirée.

Les Tournesols

J'ai jamais fumé, j'ai des poumons de buveur.

La Tendance

Mon chien, je l'appelle Tsunami, il pisse partout…

Le Vénérable

Si on interdit le tabac dans les cafés, alors qu'on interdise le gras dans les restaurants !

Le Vingt-Quatre Heures

Ils sont pas bien courageux les Alcooliques anonymes !

Le Trèfle à 4 Feuilles

Ségolène Royal, elle a une tête à vouloir mettre des suppositoires à toute la France…

Les Ormes

En hiéroglyphes, pour écrire
« va te faire enculer Marcel ! »,
c'est un poisson et un ibis.

L'Opéra-Bouffe

Si tu restes debout sans bouger
et qu'il neige deux mètres,
t'as même pas le pompon qui dépasse.

Le Non Stop Bar

Pour un volume de Ricard,
les Indiens font cinq danses de la pluie.

Les Jacinthes

L'escargot, c'est un couloir
qui tourne.

Chez Jenny

Sarkozy, c'est une tornade,
il soulève que de la poussière.

Les Noisetiers

Le tabagisme passif,
c'est bien fait pour sa gueule au mec,
il avait
qu'à fumer !

Les Qualités

Le meilleur pour la santé c'est de fumer sur le trottoir au milieu des voitures qui puent !

L'Objet

Le cordon ombilical,
c'est déjà une sorte de téléphone.

L'Œil de Bœuf

Si la fumée ça dérange, ils ont qu'à nous faire des cigarettes électriques.

Le Noyer

Bientôt, on aura plus le droit de se faire incinérer à cause de ceux qui se font enterrer !

L'Utile

En Irak, dans la galette, ils foutent une mine.

Au Vice-roi

C'est pas la peine de faire un cadeau à quelqu'un qui a l'Alzheimer, il dit même pas merci.

La Vipérine

Vu le prix du pétrole, on va mettre l'essence dans les gâteaux.

Les Titans

Aucun cancer du fumeur peut supporter quatre paquets par jour, il dégage tout de suite !

Western Bar

Les gendarmes, ils savent qu'il faut pas me faire chier le soir de Noël !

La Toupie

Je vais quand même pas arriver bourré chez mes parents…

La Vanne

On a jamais vu un piéton écraser une voiture.

L'Olivier

Travailler plus ça me gêne pas, je fous déjà rien.

Les Nantis

Léonard de Vinci, il a pas inventé le Coca.

La Nourrice

Le seul ascenseur social, c'est la Française des jeux.

La Jachère

Les gens du voyage, c'est les bédouins
de chez nous.

L'Olympe

Tous les jours il fait tous les bistrots,
c'est un mec qui picole pour
Que Choisir !

Le Touche-à-Tout

Mon plus grand chagrin d'amour,
c'est que personne m'aime.

L'Embarcadère

Sarkozy, c'est le Schtroumpf dictateur !

La Dame-Jeanne

Nous, l'été,
on a pas le droit de laver les voitures,
et eux,
ils lavent les chameaux avec du pétrole !

Les Découvertes

Il boit tellement que ses côtes flottantes
elles flottent sur la bière.

Les Écrivains

De mon temps, le mari de la concierge,
c'était la poubelle.

L'Écrevisse

Des vidéos d'otages dans la jungle,
tu peux en faire au jardin des plantes.

Le Fourre-tout

Les Chinois, on les aura à la picole,
comme les Indiens.

La Grive

Si on a plus le droit de fumer nulle part,
les poumons, y a plus qu'à les revendre
à ceux qui ont le droit.

La Glycine

Les conneries, je les fais dehors,
les bêtises, c'est à la maison.

Les Footballeurs

Il faudrait faire une Révolution française
obligatoire tous les
cent ans.

Les Innocents

Un vieux millésime de bordeaux,
tu le mettras pas à l'hospice,
alors que ta mère…

La Goélette

Tous les jeunes que j'ai connus sont
devenus vieux, comme quoi le jeune,
c'est du matériel de merde.

La Flambée

Dix degrés au-dessus des températures
normales, comme un pastis sans eau…

La Garrigue

Pour une autopsie, personne se fait rembourser par la sécu.

La Filature

La Norvège, c'est très riche, même les harengs touchent la retraite.

L'Ivresse

Cinq gendarmes autour de la voiture, on aurait dit une conférence de presse.

Les Invités

Je bois du vin chaud quand j'ai les pneus neige.

Le Galant

L'aveugle qui est sourd, faudrait pas qu'il soit constipé en plus.

La Fleur de Lys

Pierre et Pierrette, ça fait inséparable
comme les canaris.

La Forteresse

On boit jamais à la maison,
c'est un principe,
c'est pour ça qu'on rentre jamais.

La Giboulée

Quand je serai mort,
je veux qu'on m'encule,
de mon vivant j'ai jamais osé.

L'Indice

J'en ai tellement marre de tout,
je devrais être payé pour ça.

La Galerie

Le facteur qui picole pas, c'est qu'il est con,
la poste on est tout le temps dehors…

Les Fanions

Les mecs traversent la mer à la nage pour avoir la carte d'identité française, la mienne, trois fois je l'ai passée à la machine.

Café de la Forêt

Tu pètes dans l'eau, c'est déjà moins le monde du silence.

La Ferme

Aux États-Unis, une femme président, c'est pareil que si c'est un Noir.

L'Épuisette

Tu remettras un verre à Théo, à moins qu'il ait changé de religion…

Le Damoiseau

On fume sur le trottoir, on boit dehors, c'est plus la peine d'ouvrir des bistrots, suffit d'élargir les trottoirs…

Les Éoliennes

Je vais pas quitter ma femme,
j'aime trop ma maison.

Dedans

La France est plus en Europe
que l'Espagne, l'Espagne elle est au bord,
la France est au milieu.

Les Débutants

L'escargot, c'est une moule terrestre.

L'Épinoche

Lui, tu lui sers n'importe quoi, il le boit,
c'est un pilote d'essai !

L'Écoute

Le danger du maïs transgénique,
c'est les abeilles qui amènent du pollen
transgénique partout, du coup, même
les fraises, elles deviennent du maïs.

La Frontière

J'ai qu'une paire de chaussures parce que
j'ai qu'une paire de pieds.

L'Estive

Pour l'œuf à la coque, c'est le sablier,
pour le cassoulet, c'est un camion de graviers.

La Glacière

Carlos, c'était tellement un bon vivant
qu'il est mort.

L'Infini

Les anges, quand c'est petit, ça bouffe
des graines et des vermisseaux.

Les Fenêtres

Pour rentrer chez lui, faut passer par la cave,
pareil que chez les castors !

La Gazette

Les outre-mers, c'est souvent
des outre-rhums.

Le Foulque

La voiture, c'est bien pour rouler,
dès qu'on s'arrête, on s'emmerde.

Les Gémeaux

Si je devais cuisiner une âme,
je la ferais poêlée comme un foie gras.

L'Intermède

Quand la mère boit, l'alcool passe dans le lait,
le bébé tète en jouant à la belote !

La Fabrique

Au comptoir, j'ai plus personne !
que des non-fumeurs assis aux tables,
on dirait les jeux paralympiques !

Les Îles

Sur une mariée tout en blanc,
on voit bien le vin.

Le Farfadet

Toute l'Afrique qui pleure, ça fait même pas pousser le maïs.

Les Flocons

Depardieu, chaque fois qu'il va chier, faut un permis de construire.

L'Équilibre

Avant, le périphérique, c'étaient des jardins ouvriers… maintenant, c'est des ouvriers en bagnole qu'ont plus de jardins…

La Daurade

Même si on rechange de millénaire, je garderai ma vieille bagnole.

L'Épervier

Six mètres d'intestin, si t'as mangé qu'une olive, c'est l'autoroute du Sud.

L'Engrenage

Joseph, il était charpentier, à mon avis,
c'est lui qui a fabriqué les croix.

Les Dahlias

Tous les jours, dans la jungle,
ils coupent l'équivalent de quatre terrains
de foot,
alors que personne y joue !

L'Écaillé

La Belgique, c'est plat,
ils font du ski
sur les coquilles de moules.

La Dent de Lion

Toute la journée à fixer un bouchon,
soit t'es pochetron, soit t'es pêcheur.

L'Étalon

Dieu est amour, Jésus est amitié,
le curé c'est un enculé,
ça redescend vite !

La Friture

Le vendredi, on mange du poisson,
le cannibale, il mange un pêcheur.

L'Entreprise

Le patron du bar peut pas être client,
à cause du cumul des mandats.

L'Émissaire

La crotte, elle est dans le chien,
une seconde après elle est sur le trottoir
en dessous la tour Eiffel,
t'imagines la visite de Paris, pour
la crotte ?

Les Fredaines

Un vrai facteur, ça pond dans les boîtes
aux lettres.

L'Enragé

Je peux pas marcher dans le bus quand
ça roule, bientôt je pourrai pas rester debout
quand la terre tourne.

L'Écharpe Rouge

Faut jamais demander où sont les toilettes, t'as l'air d'un plouc qui connaît pas le bistrot.

Les Degrés

Une maladie génétique, ça sert à rien de se mettre au lit avec un suppo.

La Fusée

C'est pas toujours simple de rentrer chez soi.

Le Dalmatien

J'écris avec la main droite,
mais elle sait pas lire.

Le Débit

Avant, pour gagner de l'argent, fallait travailler, maintenant il faut faire autre chose.

La Belle Équipe

Avec son portable, on dirait une poule qui téléphone avec un couteau.

La Gavotte

Les derniers dinosaures qui ont disparu,
c'est les dactylos.

La Galaxie

Une plante qui pousse, c'est silencieux,
un bébé qui grandit,
ça arrête pas de chialer…

Le Flirt

Le soleil c'est gratuit ! bientôt ils feront
payer une taxe quand il fait jour,
et ils rembourseront pas quand il fait nuit !

Les Fouilles

Il boit cul sec, c'est le principe de la
descente d'Archimède.

Le Goujon

Si la mère elle allaite avec des faux seins
en silicone, le bébé plus tard, il boira des
apéros à la con.

L'Intersection

Les Palestiniens, ils sont aussi chiants que les Bretons !

La Garçonnière

Au Kenya, les gens qui se tuent à coups de machette, au moins, ça donne à manger aux lions.

Le Féodal

La télévision la plus régionale, c'est la caméra dans l'ascenseur.

Le Folklore

On a picolé comme des vaches en access prime time… j'étais au lit en prime time…

La Salve

Chez les vieilles dames, souvent c'est un chat qui fait battre le cœur.

Le Harnais

La constipation, ça fait partie de l'entraînement des cosmonautes.

L'Insouciant

Dans le cimetière des éléphants, t'as pas les petites photos en émail des éléphants quand ils étaient militaires…

La Gargouille

La Joconde, au Louvre, elle fait rire toute la galerie.

Le Gentleman

Les alcooliques, on les date pas au carbone 14, on les date au Pastis 51.

L'Ibis

Contre la pollution, faudrait qu'on puisse bouffer tout ce qui est en plastique…

L'Hortensia

Au thé dansant, je bois du vin, je danse pas,
c'est vin assis.

Le Feu Follet

Les vœux du Président, ça vaut rien,
à côté du pot du Maire.

L'Icône

Un truc qui a pas tenu le coup sur les
pyramides, c'est les boîtes
aux lettres.

Le Houblon

À force de fumer sur les trottoirs,
on va donner le cancer aux pigeons !

Le Fair Play

Il faudrait que l'Alzheimer soit pris
en compte quand on se trompe
dans les impôts…

Le Hasard

L'Enfer, ça longe le Paradis, la nuit
y en a qui passent en coupant
le grillage.

Le Vieux Fusil

Ils bouffent les grillons, les sauterelles,
les vers, les hannetons, un qui est
superinsectivore, c'est
le Vietnamien !

L'Écart

Si l'homme était enceinte,
il resterait au comptoir jusqu'au huitième
mois…

L'Europe

Avec tous les flashs sur la route,
quand je roule, c'est le festival
de Cannes.

Les Délices

Le canard, sous les plumes,
il a son gras qui fait imper.

Les Épées

Le matin je bois du blanc,
le midi je bois du rouge,
l'après-midi je bois du rosé,
j'ai le foie en drapeau.

L'Écluse

C'est plus facile de voler des milliards
à la Bourse que passer des steaks hachés
à la caisse du supermarché !

La Fugue

Un fruit toujours de saison,
c'est le kir à la cerise.

Les Frênes

Si vous regardez bien, le réchauffement climatique a commencé avec la fin de la guerre froide…

L'Embellie

Il faudrait qu'on supprime les charges, et même qu'on nous donne les allocations familiales quand on embauche une jeune !

La Garde

Son bar, c'est le rendez-vous des clowns,
il manque que les merdes d'éléphants…

Les Ifs

La Bourse, c'est le casino, sauf que là,
les bandits sont pas manchots.

Le Farniente

Je regarde la messe à la télé et,
pour la communion, je prends un Tuc.

Les Figures

À force que ça se réchauffe,
un jour on aura des épiceries eskimos
à Belleville.

Les Genets

Une bouse de vache, c'est un centre Leclerc,
pour les mouches.

L'Instant

Trente Ricard, cinquante demis, vingt blancs, quarante rosés, c'est le zapping de la semaine !

L'Impasse

On réchauffait moins la planète quand on faisait des feux de bois.

L'Hélice

À dix sur un petit tonneau de bordeaux, c'était du lynchage !

La Felouque

Le pays le plus endetté de la terre, c'est la France ! on doit même du fric à Bernard Tapie.

Ici

Mon père, il avait un poil dans la main, moi j'ai une fibre optique…

L'Indigo

Avec la peau d'une vache, on fait des portefeuilles, vaudrait mieux prendre une sole qu'est déjà plate.

Le Fiacre

Je trouve que le corps social a beaucoup de trous du cul !

Le Figuier

Dès qu'elle apparaît la Vierge, elle veut qu'on construise une église, c'est la Vierge de l'immobilier !

La Gaffe

Comme maison de retraite, je prends la SPA, au moins, là, on te pique !

L'Italien

Une cuite au baba, y a que le pâtissier qui a le droit de te faire souffler…

Le Fétiche

On fait la sangria dans une grande poubelle, elle est propre, c'est celle du vin chaud.

Le Hêtre Rouge

Le problème, depuis qu'on fume plus au bar, ça sent quand on pète.

La Fournée

T'auras jamais de vie sur Mars tant qu'y aura pas un bistrot.

La Bonne Idée

Logiquement, quand t'as fait un gosse, t'as le droit de tuer quelqu'un.

La Huppe

Avec l'Alzheimer, c'est la mort du magasin de souvenirs.

Le Folk

On chie de la merde, et en plus on en parle.

L'Épargne

L'organisme le plus génétiquement modifié, c'est le cochon quand t'en fais de la saucisse.

Dada

Un naufrage à l'époque de Christophe Colomb, t'avais pas du pétrole partout, t'avais les plages pleines de vanille.

L'Épingle

Les jeunes de banlieue, ils sont pareils que les parents, ils sont tout le temps au centre commercial.

L'Éperon

Pour fumer au bar on nous enferme dans des aquariums, comme si on est des poissons-clopes !

Le Futur

L'histoire de France,
t'as pas grand-chose, la Révolution, les deux guerres… et les Américains c'est encore pire, t'as que le Vietnam…

La Dentellière

Le plus grand voyage,
c'est la naissance, et ça forme la jeunesse !

Les Étoiles

Un jour je mourrai, comme ça, ça sera fait.

Le Futé

Le martin-pêcheur,
quand il arrive à la retraite,
il va à la chasse.

Le Studio

L'edelweiss, il pousse là-haut
dans la montagne, c'est difficile à vivre,
mais c'est une fleur
qui a pas de comptes à rendre.

L'Écran

La limace, elle est féministe, elle se traîne
pas une coquille !

L'Estuaire

Moi je suis pas confronté au quotidien,
je travaille de nuit.

Le Damier

Un ministre des Affaires étrangères,
ça a rien à foutre en France !

Les Érables

On peut rire de tout,
sauf des oignons.

La Fringale

Un plateau de fruits de mer,
c'est que des bêtes préhistoriques.

L'Étourneau

J'ai un coucou suisse dans la cuisine,
chaque fois qu'il sort, qu'il rentre,
il me manque du pognon
dans le porte-monnaie.

L'Euro

Au pôle Sud, la main gauche,
c'est la main droite.

Le Dériveur

Quand tous les Chinois auront une bagnole,
c'est pas le moment de traverser !

L'Escargot d'Or

J'ai arrêté de fumer à la naissance de mon premier enfant, et j'ai refumé le lendemain.

L'Empire

Ça gâche tout, si tu fais une échographie
de la galette des rois.

Le Fringant

Quand on voit le prix des nouilles,
pas étonnant que pour la fête
des mères, les gosses à l'école,
ils en faisaient des boîtes
à bijoux…

Au Garde-Barrière

On a viré les putes et maintenant
c'est nous qui fumons sur
le trottoir !

La Faveur

Pour l'homme,
on dit pas la viande,
on dit la chair,
mais la saucisse aussi.

L'Idole

Je parle jamais avec un mec bourré
quand je suis pas saoul.

Les Heures

Trois grammes d'alcool dans le sang,
c'est pas le poids du bouchon.

Les Gilles

On m'a délocalisé, j'étais un gamin qui
joue, je suis devenu un vieux qui boit.

Le Foyer

Si tu prends une huître en CDD,
elle te fera jamais une perle.

Le Hibou

Les huîtres elles sont jumelles,
quand tu mets du citron dans une,
les autres elles le ressentent à des centaines
de kilomètres…

L'Index

Même si la terre se réchauffe beaucoup,
elle sera pas pire que
le soleil.

L'Escalade

Si t'as une tête de con,
même avec la musculation,
tu peux rien faire.

L'Éventail

Le réchauffement de la planète,
ça fait longtemps qu'à Chamonix l'été
on bouffe des glaces.

L'Embouchure

Un volume de pastis, cinq volumes d'eau,
c'est l'apéritif handisport !

L'Échange

La Rolls des voitures,
c'est la Jaguar.

L'Écho

Quand tu vois le nombre de vélos en Chine,
c'est les Chinois qui devraient rouler les *r*.

L'Étourdi

Le temps passe et on vieillit,
l'homme est obéissant !

L'Hirondelle

La lune, éclairée comme elle est la nuit,
elle finira en parking de grande surface !

L'Inauguration

Faut pas respirer trop longtemps au même
endroit parce qu'après, y a plus d'air.

Les Fantastiques

C'est le plateau-télé qui a amené la télé plate.

L'Espadon

L'homme a marché sur la lune
mais techniquement ça a rien changé,
on marche pareil qu'avant.

L'Élégant

Les œufs sont plus chers parce que
les poules elles veulent des fleurs
dans la chambre.

L'Éminence

C'est pas tellement propre de s'asseoir
sur le trou du cul.

Le Franc-Comtois

Cornélien, c'est Corneille, Moliérien,
c'est personne.

Café de l'Église

L'énergie solaire, ça marche,
quand il fait beau, je fais du vélo.

Les Éditions

La Méditerranée, c'est une mer fermée,
tu te baignes, tu peux
plus ressortir.

L'Effort

Vu le prix du lait, faut mettre des soutiens-gorge en dentelle aux vaches…

L'Embarquement

Si y a une vie après la mort, c'est là qu'il faut chercher du pétrole.

L'Impeccable

Les maternités, c'est des conserveries.

L'Entraide

L'adoption des bébés, c'est de la brocante de gosses.

Les Indigènes

Un élève qui donne sept coups de couteau à sa prof, faut l'inscrire en CAP de boucherie !

Les Forsythias

On vit, on meurt, c'est des traditions à la con…

L'Écuyer

Si la grippe c'était gros comme une araignée, y a des cons qui en auraient chez eux dans des vivariums.

L'Enclos

Dans la mare j'ai qu'un poisson, je pourrais lui mettre une boîte aux lettres.

Les Élus

Le premier potager sur la lune, ça te fera un million de dollars la tomate !

L'Espiègle

Une femme très belle, à partir du moment où on s'est mariés, pour moi, ça redevient une femme normale.

L'Énergie

On a plus le droit de fumer dans les endroits publics, et même chez moi c'est public, y a ma femme.

L'École

Les Chinois, ils la gardent la Grande Muraille, pour les touristes, ils sont moins cons que les autres cons
de Berlin.

Le Pourboire

À la maison, on respectait la nourriture, on laissait jamais un bout de pain, et du pinard encore moins…

L'Élan

C'est la faute au réchauffement climatique si un jour on appelle les pingouins Coco.

Ensemble

Cinq fruits et légumes à manger par jour, si tu rates un jour, le lendemain, ça t'en fait dix à bouffer.

L'Envie

Au carnaval de Venise, on doit en retrouver des capotes qui flottent !

L'Esplanade

Une famille avec quatorze gosses, tous les jours à table c'est les élections municipales.

Au Sommet

Même avec la dérive des continents, la Corse, elle bouge pas.

L'Espoir

Si tu veux devenir une femme, tu vas au Brésil, à l'hôpital ils te coupent la bite, mais attention, ils la recousent à une femme qui veut devenir un homme, dans la chambre à côté, et ta bite, ils se la font payer !

Les Fougères

On manque de blé, on manque de pétrole, vous avez vu les jachères, ils font du moto-cross !

Le Mosquito

Van Gogh avait même pas un pot de yaourt pour rincer ses pinceaux !

L'Essor

L'Inde, ils achètent la moitié du blé mondial, et en plus c'est pour faire bouffer les éléphants.

Les Estivants

Y a des villages, chaque fenêtre, vous avez un retraité…

Les Acolytes

Poignarder sa prof, au moins, c'en est un qui dormait pas au fond.

Le Zéro de Conduite

On a pas trinqué qu'il a déjà fini son verre ! c'est normal, c'est un ancien prématuré.

L'Étape

C'est idiot de faire disparaître les Indiens pour mettre des Noirs à la place.

Le Siphon

Le cancer du côlon, c'est pas avec ça que tu vas draguer les infirmières.

Le Berlingot

Dieu a fait l'homme à son image, sauf pour le logement.

Le Ravel

Dans les bars à huîtres, pareil, les huîtres ont pas le droit de fumer.

Le Sabot

L'Italie, ça a une forme de botte, et la France maintenant, c'est un chausson.

Le Désert

Je lui parle plus à ce mec, il est con comme un double vitrage !

L'Abribus

Une femme qui a six enfants, si elle est riche elle a six enfants, si elle est pauvre, elle a pondu une demi-douzaine de gosses !

Le Raimu

On devrait avoir une assurance spéciale pour que si on vomit, le patron nous rembourse.

Le Tatou

Je sais pas comment ils le calculent le moral des ménages, quand ma femme elle va, moi ça va pas, et moi quand ça va, c'est ma femme qui va pas !

Le Sacre

Sarkozy, c'est pas Napoléon, il arrive même pas à faire baisser le prix de la salade.

La Descente

La limite du dopage à pas dépasser dans le cyclisme, c'est le moteur.

Les Acacias

Plus elle est méchante, plus elle est en forme, souvent c'est le vieux lierre qui tient les vieux murs…

Le Rafus

Avec l'escalade de la violence, y a jamais un moment où t'es arrivé en haut.

Le Sagittaire

Pour vendanger, y a pas mieux que les nains.

Le Destin

Adjani, c'est trop cher, moi j'ai pris la gonzesse générique.

L'Acajou

J'ai eu un choc pétrolier hier,
y a un con qui m'est rentré dans le cul !

Le Rabelais

Les Américains,
ils auraient la France
dans leur chaussure,
ils la sentiraient même pas !

La Saga

Les allocations familiales,
ça devrait marcher
pour ceux qui ont plein
d'animaux.

Le Destrier

Les Arabes ne boivent pas de vin, résultat,
ils ne s'intègrent pas.

Les Acrobates

Quand tu meurs dans ton sommeil,
ça doit faire un drôle
de rêve.

Le Raccourci

Trop bien connaître la route, quand on a trop bu c'est un danger, il vaut mieux être saoul sur une route qu'on connaît pas.

La Sagesse

La vie après la mort, t'as à peine le temps de changer d'habits.

La Détente

Plus tu donnes aux riches, plus ils sont riches, plus tu donnes aux pauvres, plus ils sont pauvres !

L'Accord

Quand il est saoul, il marche en crabe, et même des fois en mayonnaise.

Les Racines

Comment il pleurniche en rangeant sa chambre, on dirait un travaux d'Hercule !

Le Safari

Le cordon ombilical, c'est par là que ma mère elle m'engueulait avant que je sois né, en gueulant dans le tuyau.

Au Double Jeu

Moi, je me ferai enterrer debout avec un comptoir dans le couvercle.

Le Chènevis

Le fou qui meurt, son âme monte pas au ciel, elle reste assise sur la gouttière.

L'Accroche-Cœur

Les secrétaires de mairie, vous avez toujours des biscuits dans le tiroir.

La Radio

Les gens s'en servent plus de leur portable, tout le monde attend qu'on les appelle pour pas payer, du coup personne appelle…

Le Safran

Dieu a mis la vie sur la terre et sur la lune rien, alors que c'est même pas à dix bornes !

Le Druide

À la radio j'écoute la revue de presse et dans le journal je regarde le programme télé.

La Rainette

On reconnaît la région avec les tuiles sur les toits, comme une plaque d'immatriculation.

L'Addition

Ils remettent des loups partout, un jour ils vont nous remettre des dinosaures…

Le Raisin

Le cyclope, il a un trou de nez sur le front.

Les Seigneurs

La Joconde, elle sera toujours neuve, elle a été repeinte au moins vingt fois.

Les Deux Roues

Ils analysent l'urine et ils te retirent le permis ! tu pètes, ils te retirent le logement !

L'Adret

Les médailles d'or, ça vaut plus rien, on en donne même aux camemberts.

Le Ramage

La cuisine mijotée, faut pas être pressé, faut cuire la pendule.

Le Saint-Honoré

Il pleut tout le temps en Bretagne, c'est pour ça qu'il y a la mer.

Les Deux-Mâts

On sait très bien qu'on est en France, alors pourquoi on met des drapeaux français ?

L'Aéroplane

On est pas tous pareils, j'ai le vin triste, toi t'as le vin con.

Les Ramiers

Ça regarde personne ce que je bois,
c'est le secret buccal !

Le Saint-Nicolas

La drogue et le piercing, c'est une
génération qui aime les piqûres.

La Diagonale

Si les Israéliens étaient pas juifs et les
Arabes pas musulmans, ça ferait moins
d'emmerdes.

Les Alérions

Ma grand-mère, elle a pas fait l'école,
ça l'a pas empêchée d'avoir une moustache
comme un instituteur.

Le Ranch

Quand on marche, ça fait réfléchir,
ça secoue la vase.

Les Saisons

Les gros acteurs, ça oblige à faire
des gros décors.

Le Diadème

Faut plus qu'il boive, il a le tire-bouchon
de Damoclès au-dessus de la tête.

L'Agenda

Le foie gras, ça fait pas plus mal à l'oie que
nous quand on prend du bide avec la bière.

La Rascasse

Même si tu bois du vin bio tu seras arrêté
par les gendarmes, pas par les jardiniers…

La Salamandre

L'immigration choisie ? je préférerais
choisir autre chose !

L'Aigrette

Le saint suaire, moi une fois dans mon dos,
j'avais sué un cheval.

Le Diapason

Le président de la République,
tu lui serres la main, alors que le maire,
tu bois un coup avec !

L'Albatros

Une élection locale, ça regarde personne,
ils devraient même pas en parler à la télé.

Le Rapide

Jésus, pour être sûr que c'est le fils de Dieu,
il faudrait leur faire l'ADN.

À l'Affiche

Les chats voient en noir et blanc, c'est pour
ça qu'ils aiment bien habiter chez les vieux.

Le Salers

Vu le prix de la sole,
c'est chez les milliardaires que ça pue
le poisson dans l'escalier !

La Dictée

Un cœur qui bat à cent à l'heure,
à notre époque, tout le monde
le double.

L'Aligoté

Ça serait mieux d'accoucher
de l'appendicite, plutôt que tout ouvrir
comme une césarienne.

Le Rapido

Quand t'es mort, trente ans après,
y a pas prescription.

La Salière

Nous, on ferait mieux de donner notre corps
à Emmaüs et nos meubles à la science !

La Dînette

On peut pas lui parler, il a un logiciel
de breton.

L'Alinéa

La France est vieille, bientôt on aura pas des crottes de chiens sur les trottoirs, on aura des crottes de chats.

Le Rayon Vert

Un milliard d'Hindous et on connaît même pas un proverbe.

Le Saloon

Je devrais avoir la médaille de la Résistance tellement je tiens l'alcool !

Le Diplôme

Le tapioca, c'est ce qu'on appelle les nouilles des Incas.

Les Alisiers

L'avantage d'être écrivain alcoolique c'est que tu peux boire en travaillant.

Le Raton Laveur

Jésus, après avoir ressuscité, il a pas traîné dans le quartier.

Le Salon Bleu

Le poil de chat fait dans les poumons les mêmes dégâts que l'amiante.

Le Dirigeable

Le sac en croco,
c'est du coq à l'âne.

L'Allégorie

L'animal ne pense qu'à manger pour survivre, alors que nous en plus on picole.

La Revanche

Ils nous feraient des voitures qui roulent au beaujolais, ça nous coûterait moins cher maintenant.

Le Salto

Il n'y a pas que les homosexuels qui ont le sida, je connais un gars à la poste, il l'a.

Le Disco

La poule naine, c'est pas pour bouffer, c'est pour faire joli, comme un bouquet de fleurs qui pond.

L'Allegro

Le sida, c'est une sorte d'allergie au sperme.

La Régie

Avec la fonte de la banquise, on va en retrouver des bouteilles vides derrière les igloos !

La Salsa

La semoule du couscous, c'est une idée des Touaregs qui mangeaient dans le sable.

Le Discret

Moi quand je touche le fond,
c'est avec le bout de la langue.

Les Aloès

J'ai jamais vu un homme faire des mots
croisés contre un ordinateur.

La Relève

Un pays comme la France qui est endetté
de milliards d'euros et on lui dit rien,
alors autant que ça soit nous, le pays !

La Samba

Le delirium tremens, c'est grave,
mais que le tremens tout seul, c'est rien.

Le Disque d'Or

Le monde agricole, tu parles !
c'est trois départements !

Les Alpinistes

Une graine d'un millimètre qui te donne
une carotte de vingt centimètres,
c'est du placement à deux mille pour cent.

Le Remake Bar

À force qu'on t'encule en prison, tu pourras
t'évader par le trou
du cul !

Le Samouraï

L'ivresse du pouvoir, personne t'emmerde,
t'as un chauffeur.

La Distillerie

L'hiver, conduite sur glace ! l'été, conduite
sur glaçon !

L'Alto

La vraie égalité, c'est quand une femme
noire sera pape.

Les Rentiers

T'incinères une top model, y reste pas un mégot de cendres.

Le Sanglier

Conduire un gros camion
avec sept litres de sang dans le corps,
ça fait plus peur qu'avec trois verres
de vin…

Le Don Quichotte

Roméo et Juliette, c'est des couilles,
à la fin du livre, ils se relèvent.

L'Amandier

Faut les boycotter les Jeux Olympiques de Pékin, de toute façon, on les aura à la télé.

Le Racine

Il pète, ça sent la mauvaise haleine,
il est monté à l'envers ce mec…

Le Sans-Culotte

Il faut qu'il y ait des morts pour que les jeunes se rappellent que rouler saoul c'est interdit.

Le Don Juan

Y a des endroits, y a que l'herbe qui a le droit de marcher sur la pelouse…

L'Amourette

Pour moi, la première dame de France, c'est pas Carla Bruni, c'est la patronne du Café de la Place.

Le Renard

Les yeux, c'est la fenêtre de l'âme, et si tu portes des lunettes, c'est les carreaux.

Les Sapins

Une patate en forme de cheval, ça te fera pas une épluchure en forme de cavalier.

Les Dominos

Les Tibétains, ils ont tous une clochette à la main comme nous les clefs de bagnole.

L'Amphore

Tout ça, c'est le problème de l'œuf ou la poule à moitié plein à moitié vide…

Les Rhododendrons

Les Tibétains, on les protégerait plus s'ils étaient des yétis comme dans Tintin.

Le Sapajou

Sarkozy, c'est la petite goutte d'eau qui fait rien dans le vase.

Le Drakkar

En France, on aime rien, alors imagine si on est breton !

L'Ampoule

Aujourd'hui, t'as plus de nazis sur Internet qu'en Allemagne !

Le Répit

À la campagne, au moins, le SDF pouvait dormir dans la paille.

La Sardine

Lui, il fait de la monoculture, il plante un radis, il retourne au bistrot.

Les Doyens

La reine d'Angleterre, ça se voit qu'elle est anglaise.

L'Amphithéâtre

L'euthanasie, c'est juste pour se faire rembourser son suicide par la Sécurité sociale.

Le Repos

Avant, on salissait, maintenant
on pollue…

Les Saules

L'écrit, c'est le contraire du parler,
puisque tu te tais…

Le Drapeau

Avec la visioconférence, on pourra boire
un coup ensemble au comptoir en restant
tous chez soi.

L'Âne Rouge

Le foie, ça repousse tout seul.

Le Repli

Même à la retraite, un policier reste toujours
un retraité.

Le Duché

Un croque-monsieur ! Un croque-madame !
Et les gosses ils sont où ?

L'Angelot

Chaque fois que la Sainte Vierge vient en France, elle choisit Lourdes.

La Réponse

Le plâtrier plein de plâtre et le peintre plein de peinture, et les vaches seront bien gardées !

Le Drap d'Or

Il doit pas se battre beaucoup à l'école, il a jamais sa banane écrasée.

L'Angélus

Un vieux de cent vingt ans, ça fait deux vieux de soixante, quatre vieux de trente, huit vieux de quinze, seize vieux de sept…

Le Réséda

Peindre un cheval, faut s'accrocher, moi j'attends qu'on le bouffe et je peins l'assiette !

L’Anguille

Peut-être qu’on est des bouffeurs
de grenouilles, mais on a pas une reine
d’Angleterre.

La République

À force de déconner, on va faire disparaître
la terre de la planète.

L’Angle Droit

Le jour du beaujolais nouveau, l’alcoolique
est triste parce qu’il a la chiasse.

Le Requin Bleu

À Tokyo, t’as pas de noms de rues,
mais aucune rue sent la même soupe.

Le Ressac

Il était laid quand il est né, laid ! laid !
j’avais envie de le recacher dans mon
ventre !

L'Anneau d'Or

On ne peut pas moderniser un peigne,
le peigne est déjà ultramoderne.

Les Jésuites

Le dalaï-lama, avec ce qu'il a sur son
compte en Suisse, il pourrait s'acheter
la moitié de la Chine !

La Réunion

Le SDF qui va mettre la clef sous la porte,
c'est qu'il est mort ! c'est lui la clef,
c'est lui la porte…

L'Annonce

De la vitamine, t'en as autant dans
le boudin que dans la fraise,
sinon plus.

Les Revenants

Heureusement qu'on a pas des mauvaises
herbes qui poussent dans les cheveux,
tous les matins faudrait se raser,
après faudrait se désherber…

L'Antilope

Mon pire espion c'est mon estomac,
il sait tout ce que je bois.

Le Rififi

Les offres d'emploi vidéo, je peux pas
les regarder longtemps, je m'endors
comme devant la télé.

L'Aplomb

Je connais bien le facteur humain,
il boit du rosé avec une casquette.

Le Sans Rival

Faut la voir quand elle vide un poulet,
on dirait l'exorciste…

Au Risque-Tout

Dans les caves du Vatican, vous avez
des vins qui datent de Jésus-Christ.

L’Appeau

Limiter la vitesse sur autoroute à cent dix kilomètres heure, c’est débile, moi c’est ce que je fais sur les petites routes !

La Rosace

Les cathédrales, elles sont grandes comme des HLM, alors que c’est un seul logement…

L’Apprenti

Le bon goût de l’iode, c’est quand l’huître elle lâche son adrénaline dans le vinaigre d’échalote.

Le Rivage

La vie du bouton, elle tient qu’à un fil.

L’Appel

La famille, c’est un socle, t’as les pieds dans le bronze, tu peux plus bouger.

Le Rituel

L'air pur, je m'en fous, moi je respire ce qu'il y a…

L'Arabesque

Au pied de la Grande Muraille de Chine, c'est un repaire à escargots…

Le Robot

La flamme olympique, moi je m'en fous, je fume plus…

L'Aqueduc

Les pires profanateurs de tombes, c'est les asticots.

Le Rococo

C'est idiot, un mec qui a pas de jambes, on ose pas regarder ses yeux.

L'Arbre de Vie

Le moteur à eau, c'est du vent.

Le Rodéo

Le plus difficile à lire dans un livre,
c'est le milieu.

L'Ardoise

Les Tibétains, c'est un peu leurs Chtis,
aux Chinois.

Le Rouge-Gorge

Normalement, quand tu t'appelles Gustave,
tu gardes des vaches,
tu construis pas la tour Eiffel.

L'Argus

Les arbres, on les met en pots, l'eau de mer,
on peut la mettre dans un bassin,
y a que le ciel, on peut rien en faire.

La Romance

Le dauphin, c'est rien qu'un thon qui parle.

L'Astuce

Une famille de six dans un deux pièces !
chez moi,
monsieur, douze œufs,
c'est une boîte de douze !

La Voie Romaine

C'est con de brûler les morts alors qu'on
pourrait les vendre à la brocante…

L'Atomic Café

On est devenus des faibles…
si vous croyez que dans la nature,
les animaux se font rembourser
les médicaments…

Le Ronsard

Un marin qui se noie, c'est une goutte d'eau
dans l'océan.

L'Attelage

La « journée de la Femme »,
si en plus il pleut…

Le Saucisson

Internet, c'est comme si tu vas directement
sur la girolle sans avoir marché
dans les bois.

Le Sommet

À la limite, je préfère regarder une grosse
connerie à la télé que lire un bon livre...
à la limite...

Le Lièvre

Le boulanger plein de farine,
c'est un bonhomme de neige qui fond
jamais.

Le Satellite

Comme elle est anorexique, elle sort pas de
la chambre, elle se gave
de télé.

La Sonnette

En ville, c'est les vélos qu'on attache,
à la campagne, c'est les chiens.

La Langue d'Oc

C'est pas pour les maisons, c'est pour les gosses qu'il faudrait un permis de construire.

L'Aubépine

Nous, on fait dans l'apéritif durable…

La Lanterne

Un papillon sur une fleur, je sors dans le jardin, c'est l'effet papillon…

La Savane

Moins on travaille, plus on devrait être payé, vu que plus on dépense.

Le Bourgmestre

Personne peut garder son permis de conduire toute sa vie… c'est même louche.

Le Soupirail

Des fois ils bouffent des cafards, alors qu'ils ont des éléphants à deux mètres du village !

Les Aulnes

Le parcours de la flamme olympique,
on dirait des hommes préhistoriques
qui pissent sur le feu.

Le Saxo

Les gens connus, on les connaît pas,
on les reconnaît, c'est les gens pas connus
qu'on connaît.

L'Auge

Une chanteuse qui louche comme Dalida,
on en voudrait plus.

Le Romantique

On emballait le poisson dans le journal,
aujourd'hui, on lit plus le journal,
on achète plus de poisson !

La Spirale

À la maison je me fais engueuler par ma femme ! je me fais engueuler par ma fille ! j'aime encore mieux me faire engueuler par la patronne du bar et par la serveuse !

Les Rondins

Moi je suis limace en boisson,
je fais le tour du verre tranquille
à ma vitesse…

La Légende

Le Tibet, c'est le seul pays de montagne
qui fait pas de fromages.

La Sauvagine

La demande des consommateurs,
c'est de consommer.

La Rose Pourpre

Un Prévert, deux Prévert,
trois Prévert, c'est un inventaire
à la Prévert.

La Sphère

Quand tu vois les spermatozoïdes
au microscope qui courent partout,
y en a pas un qui a le casque.

La Lavande

Un dompteur de tigres qui part
à la retraite, il va bien s'emmerder
à la pêche !

Les Rouages

Le chat du boucher, la chatte du poissonnier,
c'est Roméo et Juliette l'histoire !

Le Squat

Les musées, ça m'intéresse pas du tout,
mais y en a des bien.

Les Saveurs

Le défilé du 1er Mai, on est partis
du Café des Ouvriers foutre la merde
au Rendez-Vous des Patrons !

La Roue Carrée

On a jamais vu une tortue avec la carapace
en toit de chaume.

Les Lavandières

C'est pas pour moi que je plante des fleurs,
c'est pour les gens qui passent devant.

Les Savants

Le Gange, c'est un fleuve sacré,
pour la carpe, faut prier une heure.

Le Rouet

La mer, c'est dans une assiette plate,
alors que pour servir l'océan,
faut sortir l'assiette creuse !

Le Standard

L'écologie, ça créera toujours moins
d'emplois que la pollution.

La Légion

Pendant que les grosses vagues attaquent la falaise, les petites restent derrière pour apprendre le métier.

Le Roudoudou

À la place du muguet porte-bonheur, vaudrait mieux des patates, y en a toute l'année.

Le Scarabée Doré

Incinérer un alcoolique, c'est des coups à faire péter tout le bâtiment !

Le Stop

La fraternité, ça marche très bien avec les chiens.

Le Légitime

C'est comme ça que Attila attirait ses ennemis, en faisant griller des sardines.

Le Roulis

En France, on est pas les plus malheureux, on boit l'apéritif en allant acheter le pain.

Le Strapontin

Le maton, c'est un mec qui est en taule toute sa vie mais pas en cellule, il est enfermé dans le couloir.

Le Sceau

Les vieux films en noir et blanc, ça fait plus moderne des fois que les nouveaux films en couleurs.

Café du Lac

La fête du Travail pour ceux qui travaillent ! la fête de la Fête pour ceux qui font la fête !

Le Libéral

À la campagne où on habitait, j'ai jamais vu un savon propre.

La Roupie

Dans un banc de sardines, tu sauras jamais qui c'est le frère de qui, qui c'est la sœur de qui !

Le Labyrinthe

Quand je lui parle,
il me regarde dans les yeux,
après il me regarde la bouche,
après il me regarde dans les yeux,
après il me regarde la bouche,
comme si je parlais en sous-titré !

Le Scrabble

L'anglais, c'est la langue universelle, peut-être partout mais pas en France !

Le Stylet

Les présidents de la République,
c'est des pantins ! Y servent à rien !
Les conneries, c'est les ministres
qui les font.

Licence IV

L'ange de la mort, il est noir,
l'ange de la vie, il est blanc,
l'ange de la retraite, il est gris…

Les Scouts

Un tremblement de terre en Chine,
un typhon en Birmanie, la terre elle en
a marre qu'on lui marche dessus !

Le Ruban Bleu

C'est dans la moustache qu'on a les trous
de nez.

Les Supporters

L'Alzheimer, c'est le grand retour de la liste
des courses.

Le Liberty

Au prix qu'elle est l'essence, il faut la servir
avec des biscuits à champagne.

Le Scorpion

Avec le rêve éveillé, t'es pas obligé
de rentrer à la maison te coucher.

Le Sureau

Dans mille ans, même la tour Eiffel
sera morte.

Le Lierre

Chaque fois que tu descends chercher
ta voiture, tu te fais attaquer, faut mettre
les prisons en sous-sol et les parkings
en surface !

Le Laguiole

Des villes entières rayées de la carte,
t'as plus qu'à refaire toutes les cartes !

Les Quatre Routes

Un petit nain, c'est normal,
c'est le grand nain qui est anormal.

Les Secondes

On devrait jamais sortir de la
petite école…

Le Suprême

« L'Alzheimer », quand on était petits,
on disait, « constipé de
la tête »…

La Liesse

– Le printemps, je le sens.
– Moi le printemps, je le bois !

Le Lambda

La meilleure photo, pour un paparazzi,
c'est Jésus qui monte
au ciel !

La Seiche

Le nouveau-né, deux jours plus tard,
c'est déjà un ancien né !

Les Lilas

Les profs, c'est six mois de trouille,
six mois de vacances.

Le Surf

Le champion du monde
du lancer de noyaux de pêche,
il a commencé tout gamin.

Le Label

Une chanson, c'est de la poésie mélangée
à de la salive.

Royal Bar

Le pouvoir rend fou, mais surtout,
il rend con !

Au Seize

À la bibliothèque, tu ramènes pas les livres
vides, comme à la vinothèque.

Le Limaçon

La flamme olympique qui représente
la fraternité, elle est moins grosse que
mon barbecue !

La Ruche

Quand je dors, je ronfle,
c'est une sorte de service minimum
de
la causette…

La Semaine

Le plus impressionnant pour un film
de guerre, c'est si on le fait
au théâtre !

La Limonade

Le vinaigre, ça fait deux degrés,
déjà si tu manges trop de salade
t'as plus le droit de rouler !

Le Sursis

Jésus, il a laissé son image sur le saint
suaire, Che Guevara, c'est sur des tee-shirts !

La Rue

Un reflet de la lune sur les carreaux,
même au vinaigre chaud ça partira pas.

Le Séquoia

L'assassin, il est dans un état second,
l'assassiné, c'est encore pire !

La Limousine

Elles sont tellement maigres les top models,
elles font caca dans un papier de bonbon.

Le Swing

Le meilleur produit pour la vaisselle,
c'est les mains.

La Lampe à Huile

Le 421, c'est une philosophie !

Le Serin

Rien qu'avec l'eau que je laisse couler
quand je me lave les dents,
je pourrais laver ma bagnole.

Le Limier

Repasser des trente-cinq heures
aux quarante heures, ça va nous faire
cinq heures de plus à regarder
la pendule.

Les Syndicats

Faudrait pas exagérer, que les girafes
existent encore et qu'on trouve plus
d'escargots !

Le Lingot

Un euro les toilettes gare du Nord ! pisser,
c'est encore plus cher que le prix du pain !

La Lande

Il faut donner du temps au temps,
et du retard au retard !

Le Séraphin

La technique a ses limites, jamais
on pourra télécharger un pastis
sur Internet.

Le Lion d'Or

Avec tous les fils électriques enterrés,
les hirondelles elles vont se poser où ?
sur les vers de terre ?!

Le Landerneau

Au Festival de Cannes, toutes les vedettes
qui montent l'escalier, c'est les mêmes qui
gueulent toute l'année quand y a pas
d'ascenseur.

La Ruse

Sa grand-mère lui a expliqué que le zizi
c'est un petit tuyau, alors maintenant
il pisse sur les fleurs.

La Syrah

Pour un garagiste, l'odeur d'essence,
c'est le pain chaud.

Le Sérail

La voiture elle s'en fout que tu la conduises
sans permis ! ma bagnole elle est moins con
qu'un gendarme !

La Langouste

La carpe, même cuite, ça continue
à vivre.

Le Rustique

Les crèmes solaires, des fois sur la plage
ça cogne tellement, vaut mieux mettre
des tuiles provençales !

Le Système

Vu le prix des pâtes, normal qu'on achète
des nouilles.

Le Liseron

Si les maisons avaient encore les toits
de chaume, on se prendrait pas le plafond
sur la gueule ! le tremblement de terre,
tu te retrouves couché dans la paille,
c'est tout…

Le Sextant

Avec ce qu'ils boivent à EDF, je sais pas
comment y a pas plus d'électrocutés.

Le Rutabaga

Les sept merveilles du monde,
ça en fait même pas dix.

Le Lys d'Or

Contre les pirates informatiques,
faut envoyer les corsaires.

Le Jour

D'ici à là, pour une fourmi, c'est pareil.

Les Siamois

Trois jours au bord de la mer, avec le vent qu'il y a, tu reviens avec une tête de dune.

Le Siège

L'industrie du cinéma, c'est quand même pas l'usine, on porte pas de casque pendant les projections.

Le Shérif

Ils en ont pas marre au Japon de bouffer japonais tous les jours ?

Le Sifflet

La loi de la nature, c'est pas l'homme qui l'a inventée, c'est la nature, alors pour la pollution, qu'elle se démerde !

Les Vieilles Tractions

Dix ans d'étude pour être médecin, un courant d'air pour être malade !

Aux Trains

Le vigile qui garde un parking il a pas un chien de berger, il a un chien d'attaque, son chien il est pas dressé pour rassembler le troupeau de bagnoles.

Le Sillon

Il faudrait que les cheveux blanchissent en hiver, et renoircissent au printemps.

La Théière

Picasso, il y mettait pas beaucoup épais de peinture…

L'Avenue

L'infiniment petit, t'en as plein partout, alors que l'infiniment grand, y en a qu'un.

L'Azur

L'infiniment grand, c'est rien, par rapport à l'infiniment énorme.

Le Tranquille

La drogue dans les quartiers, c'est le cépage d'un terroir, comme si tu parles de la grenache pour les coteaux d'Aix.

Les Azalées

Quand il fait froid, les microbes vont dormir à l'hôpital, on leur donne une soupe et ils couchent dans un vieux.

Les Silos

Faut élever le bœuf plusieurs années, l'engraisser, le tuer à l'abattoir, le vendre, et des fois à la fin tu rates tes grillades…

Le Siphon

Mai 68, ça fait gamin comme date, par rapport à la révolution d'Octobre.

Le Potager

La dose de pastis, ça dépend aussi de la pression atmosphérique.

Café des Cyclistes

Sarkozy il est petit, mais ça sert à quoi d'être grand ?

L'Arrière-Salle

La vésicule ! le foie ! dès le début, on nous fait chier avec des trucs qui servent à rien !

Le Slalom

La banane, on la mettait dans le cartable pour l'école, aujourd'hui on fait pas mieux pour emporter dans une fusée.

L'Éprouvette

Les pédés qui veulent adopter
un gosse, ils ont qu'à se couver
une oie !

Le Soyeux Bar

Si t'as un accident avec une voiture
d'occasion, normalement à l'hôpital
tu passes avant celui qui a une voiture neuve.

Le Singe Vert

Le sida, il est arrivé d'Afrique,
avec un insecte caché dans un ananas.

La Transat

La terre, c'est que l'eau, on est pas des
terriens, on est des mériens.

Le Périphérique

Les gamins devraient pleurer des larmes
de limonade…

Le Palladium

Depuis Mai 68, ils ont tous pris 68 kilos !

Café du Parc

La violence est partout, même un moustique
il est violent, si tu vas par là.

Le Lux Bar

En France, on a les trains qui s'engueulent
avec les rails.

Le Pélican

Si t'es enceinte du Diable,
avec l'échographie, maintenant,
on le sait à l'avance.

Le Pactole

Il y a des alcools que je ne bois
plus parce que j'ai plus l'âge
d'être saoul.

Le Luminaire

Le crâne de Mozart, ça se remonte comme une boîte à musique.

Le Madère

Les abeilles, c'est des fonctionnaires, même si on veut de la confiture, elles font du miel.

Le Match

Un cannibale qui bouffe une anorexique, il va mettre une heure à suçoter les petits os.

Le Massif

C'est à Marseille que t'as la vraie fausse Rolex, à Belleville, c'est pas la vraie vraie fausse.

Les Bavards

Je suis pas alcoolique, je suis lieutenant de bouchon.

La Bécasse

J'ai mes géraniums qui viennent de la DDASS,
que des feuilles tachées ! pas une fleur !

Les Châtaigniers

La retraite à soixante-dix ans,
ça peut se faire, à condition qu'on vive
cent quarante ans.

Le Marc de Café

Un orage dans la savane, c'est les girafes
qui font paratonnerre.

Le Pacha

Une route toute droite, tu t'endors au volant,
alors qu'une route à virages, tu dégueules.

Le Pêle-Mêle

Une prise de sang pour l'alcoolémie,
normalement, avant de repartir,
ils te doivent le casse-croûte.

Le Major

Pour faire du flash-ball,
t'avales des billes, tu bois du gin,
tu dégueules !

Le Baroque

La Côte d'Azur, c'est que des vieux
au soleil, on dirait comme
en Afrique du poisson
qui sèche.

Les Colonnes

Avant de comprendre le monde,
essaie déjà de comprendre une rue !

Les Colverts

Je sais pas pourquoi on dit
le « papy boom »,
c'est que des vieilles.

Le Beaumarchais

Un accident de car, tu meurs écrasé les uns
sur les autres avec des étrangers, alors qu'en
voiture, c'est des gens que tu connais.

Le Mandarin

Partout où tu vas en France,
t'as des spécialités, les bêtises de Cambrai,
la saucisse de Strasbourg, le calisson d'Aix,
aux États-Unis, t'as pas le saucisson
du Grand Canyon à la pistache !

La Cocarde

Avec un cancer généralisé, tu passes
en copropriété.

Le Pavois

Les voitures japonaises, les voitures
indiennes, pour moi c'est des races
de voitures.

Le Manitou

Les cancers, y en a tellement, c'est une mort
naturelle maintenant.

La Manne

Si on découvre de la vie dans l'univers,
tu peux être sûr que vingt ans après, ils ont
des bassines en plastique et ils picolent.

La Mire

La vie, c'est dur, mais manquerait
plus qu'elle soit molle !

La Margelle

C'est les quarante ans de Mai 68, mais aussi
c'est les cent ans de l'huile Lesieur.

La Pelote

Le crabe, la nuit, c'est comme s'il dort dans
sa bagnole.

Le Périscope

Jamais je me mets là-bas au bout
du comptoir, c'est le cap Horn.

Le Lubéron

Les routiers en colère, ils font des opérations
escargots, les escargots en colère,
ils font des opérations Ferrari !

Le Paladin

En buvant que du champagne, t'auras pas de l'alcool dans le sang, t'auras que des bulles.

La Banquette

La criminalité organisée, t'es bien obligé, quand tu vois l'organisation de la police.

Les Moineaux de la Place

La pollution dans les aliments,
tu la sens pas, si c'est bien cuisiné.

Le Gambetta

Moi je vieillis en direct…

L'Invitation

Une tartine de pâté, t'as un aéroport
à microbes !

Hasard Café

Dieu, je lui confierais pas mon gosse,
on cloue le sien sur une croix, il dit rien.

L'Eldorado

Vu le prix des carburants, à Air France, ils vont siphonner les camions pour voler !

Café des Aravis

Dans l'état qu'il est, c'est pas un corps qu'il a ce mec, c'est un squat.

Le Lotus Bleu

Moi je peux pas réfléchir quand j'ai la tête trop pleine, faut qu'elle se vide pour que je pense.

Le Patachon

Quand on pourra plus rouler en bagnole à cause du prix de l'essence, ils nous tripleront le prix des roues de vélo !

Le Lord

Avec les RayBan et la Rolex, le yacht, Sarkozy, il lui manque que la toque panthère et le trône en or avec les défenses d'éléphant…

Le Litre

On va pleurer l'essence à la pompe comme en Afrique ils pleurent l'eau du robinet…

Le Patois

À cinquante ans, c'est pas un départ à la retraite, c'est une arrivée !

Le Réservoir

Si je suis prof, je paye un élève
pour qu'il me foute un coup de poing
dans la gueule, je pleurniche à la télé
et après basta ! j'ai l'arrêt maladie
psychologique payé
vingt ans !

Le Multiple

La naissance, après t'as la mort, la nature s'est pas cassé la tête…

La Combine

Pour aimer les hauts montagnards, faut se mettre un cœur avec des chaînes à neige !

Les Coccinelles

La France vieillit, mais la Terre elle est pas toute jeune non plus !

Le Père Peinard

Le record du monde du cent mètres, le mec, il court même pas d'ici à la boulangerie.

Le Peut-Être

Pour l'apéro on passe pas par une agence, c'est de particulier à particulier.

Million Bar

Quand tu vois le prix de l'essence, un bonze pourrait plus se mettre le feu !

La Pacotille

Il faut trente ans pour que la cirrhose se déclenche, si tu meurs à trente ans, normalement, tu peux pas l'avoir.

L'Abordage

T'as pas plus de Jésus-Christ dans la dinde de Noël que d'islam dans le couscous !

Les Méridiens

La consommation de drogue qui explose, normal, c'est des pétards.

Les Bleuets

Ça sert à rien de vouloir absolument se marier avec une femme qui est vierge si c'est pour lui faire vingt gosses !

La Bécasse

Plus nous on voyage en avion, plus ça réchauffe la planète et moins les oiseaux migrent…

La Bannière

La filière scientifique, tu finis au 421, la filière littéraire, tu finis au comptoir avec les mots croisés.

Le Moulinet

Le trou du cul et le suppositoire,
c'est la poule et après c'est l'œuf.

Les Moissons

Plus y a de médecins et plus y a de malades,
c'est comme plus y a de bagnoles
et plus y a d'accidents !

Le Bourbon

Comme dirait André Malraux :
quesse tu bois ?

Le Barrage

La vengeance est un plat qui se mange froid,
sauf si tu la gardes tout le temps au chaud.

La Montre

Dommage qu'on puisse pas faire du boudin
avec le pipi.

La Palme

Sarkozy, il veut tout le temps que les gens se marchent dessus pour y arriver, c'est une pensée de petit mec à talonnettes…

Le Panier

Un ouvrier qui frappe un ouvrier, c'est un patron qui embrasse un patron !

Le Barillet

T'as pas le droit d'avoir sur toi un couteau avec la lame qui dépasse de la main, pour la bite, c'est le contraire.

Le Ludion

On a des corps de riches, la moitié de ce qu'on bouffe ça part aux cabinets.

Le Lucane

Elle est morte en soufflant les bougies du gâteau, soixante-quinze ans et une minute ! C'est la minute qui fait déborder le vase !

Le Panoramic

Dans un coquillage t'entends la mer, et quand tu fais un cendrier avec une coquille Saint-Jacques, t'entends un mec qui tousse !

Les Sablières

Pour une voiture, le numéro du département sur la plaque d'immatriculation, c'est comme la couleur de la peau.

Le Cocotier

De toute façon, si un jour c'est le moteur à eau, ils nous feront payer l'eau au prix de l'essence.

La Bannière

J'ai pris mes premières vacances à soixante ans, et je suis restée dans le jardin.

Les Quarante

Avant Corneille, c'était facile de choisir, t'avais pas le choix cornélien.

L'Obligé

Un élevage d'escargots,
tu seras pas réveillé par le coq !

Les Lumières

On dit « la première dame de France »
parce que c'est la femme du président,
et pourquoi pas
« le premier gosse de France »
parce c'est son gosse, pendant qu'ils y sont !

La Loupe

On a pas le droit de boire sur la voie
publique alors qu'ils nous font sortir
dans la rue pour fumer !

La Bombarde

Tant qu'il y aura des bars, tant qu'il y aura
des hommes, t'auras
des barmen !

Le Pastel

La dépendance au tabac, c'est pas pire
comme dépendance que le rosier

si
tu l'arroses pas.

Les Bambous

Ce qui est bien avec la mauvaise foi,
c'est que ça te fait deux foies.

La Lisière

L'alcool, ça fait vivre quatre cent mille personnes en France, c'est presque nous les plus gros employeurs !

La Lyre

Je suis un con bourré, OK ! mais je crois qu'il ne faut pas se tromper de débat…

Le Patriarche

Si tout le monde était né en août, sur terre, t'aurais que des Lion.

La Mandoline

Carla Bruni qui fait des photos
à l'Élysée, les pieds sur le bureau
de Sarkozy ! à s'essuyer les semelles
sur le dossier des sans-papiers et
des SDF pendant qu'elle y est !
pauvre minable ! ces gens sont
des loups !

Les Mélèzes

Le matin j'ai l'état solide, le midi l'état
liquide, et le soir l'état gazeux.

Le Parterre

Si tu sais pas le département de la voiture
qui roule devant toi, comment tu peux
l'insulter ? connard de plouc ! Enculé de
Breton ! rentre à Dijon connasse !

Le Patrimoine

Un président noir pour les États-Unis, quand
tu vois les Noirs qui dirigent déjà les pays
africains, c'est pas
sûr non plus que ça soit une
bonne idée…

La Clinique de la Bière

La mort d'Yves Saint Laurent,
vous savez, moi, j'ai jamais mis
ses trucs.

La Patrouille

Je préfère être arrêté par un flic que par
un gendarme, les gendarmes c'est des
militaires, alors que la police elle boit
du Ricard.

Le Pavillon

C'est facile de faire baisser le chômage
en rabaissant les chômeurs !

Les Marquisats

Franchement, si j'étais mort,
je me porterais mieux.

Les Mimosas

C'est comme avec un chien,
si t'étais sûr d'avoir un bébé qui soit mignon
t'en aurais un.

Le Bourrelier

Ça va bien, plus, ça serait de la gourmandise.

Café de la Baie

C'est Socquette ou c'est Socrate qui parlait avec Plafond ?

La Bagatelle

Le tennis féminin, c'est pas pareil, en plus les filles c'est des Russes.

Le Barroco

Tu lis un livre à voix haute, c'est comme si tu cries un tableau avec les yeux, c'est pas normal.

Les Bateaux-Mouches

Je préfère encore être cannibale qu'attendre Kouchner avec la farine de Médecins du monde !

La Pente Douce

Faut éviter le grignotage entre les repas,
prends un demi, pas
un galop…

Le Minuit

Si on vit tous jusqu'à cent ans,
qu'ils baissent un peu les loyers aussi…

Les Mitrons

Les vieux curés puaient des pieds,
les jeunes maintenant ils jouent
en Bourse.

La Litière

En prison, tu risques pas de tourner en rond
si t'es à neuf dans
la cellule.

La Liste

Les gendarmes, ils font moins les malins
quand c'est le vent qui passe à deux cents !

Les Badauds

Un oiseau qui vole, il y pense pas,
c'est quand il marche au milieu de la route
qu'il gamberge le piaf.

Cocorico Café

C'est aussi difficile d'inventer le son
du moteur de la Jaguar qu'un morceau
de violon.

Les Pionniers

Le mec braque une bijouterie,
plutôt que le mettre en prison on lui donne
un bracelet ! franchement, ça déconne…

La Porte Peinte

Françoise Sagan, c'est comme un petit
whisky qui boit.

Le Merle Blanc

On aurait mieux fait de produire des
centrales nucléaires qui fournissent du
pétrole !

Le Loriot

Un homme qui passe sa vie au comptoir,
est-ce que c'est un homme de la rue ?

Le Loquet

Les vaches, ça rumine au lit, comme
les Romains.

Les Moustaches

La terre qui tourne autour du soleil, on a pas
le choix, c'est le chien attaché sous la
charrette.

Le Bougnat

Le plein de la voiture, plus le plein
du chauffeur, ça devient cher de prendre
la voiture !

La Pie qui Chante

Je sais jamais le jour qu'on est, sauf
le lendemain, je me dis, tiens,
c'était déjà hier ?

Les Minutes

Je peux pas m'asseoir longtemps,
j'ai pas un trou du cul fait pour le vélo,
j'ai un trou du cul bien pour le tennis.

La Mélodie

C'est dans le bulbe rachidien
qu'on met le chouchen,
c'est pour ça qu'on part
en arrière.

Le Pourquoi Pas

Jamais j'ai eu un chien
qui faisait ouah-ouah,
jamais un chat
qui faisait miaou,
jamais un oiseau
qui faisait cui-cui,
jamais une sonnette
qui faisait ding-dong,
jamais un téléphone
qui faisait dring-dring !

Les Pavés

Le ver qui fait de la soie,
c'est un peu le style
de la mouche à merde qui fait
du pain de mie !

La Belle Bleue

Un mec avec une moustache
pour moi c'est Moustache, le nez rouge
c'est Pignouf, même un mec
qui s'appelle Jules, pour moi
c'est César.

Les Merisiers

Le cœur qui bat,
c'est une routine aussi,
et là personne se plaint.

Le Chapiteau

Le Louvre, c'est notre patrimoine,
moi je revends ma part
et je m'achète un pavillon.

Le Bouillon

Paris c'est une ville de riches, d'ailleurs,
les HLM, c'est pour
les ministres.

Les Petits Cailloux

Non ! tu peux pas te cultiver devant
un tableau qui montre des oignons !

Le Bercail

Le travailleur de force, son liquide,
c'était le vin rouge, le travailleur des bureaux,
c'est l'essence.

La Plume au Vent

Je m'en fous des campagnes antitabac,
moi c'est ville tabac !

Le Littéraire

Toute la journée, il boit que des minuscules
petits verres de vin rouge, le soir il est saoul,
c'est un travail de fourmi.

Sur la Butte

La peur de l'avenir ? quand t'as été dans les camps, ça te fait moins peur que le passé !

Les Bohémiens

Un poète ça mange pas, ça boit !
c'est l'écrivain qui mange à midi
quand sa femme l'appelle.

Café Pirouette

Taper sur un prof, ça fait partie de l'éducation physique !

Le Pinson

Le Loto, on peut gagner, on peut perdre, c'est honnête, le Loto.

Le Bourru

Un mec qui va faire dix ans de prison avec son petit chat, à la fin le chat ça lui fait soixante-dix ans de taule !

Le Madère

Le seul truc que l'Europe elle a fait
d'intéressant pour nous, c'est
l'Euro Millions.

Le Magistral

Travailler plus, pour gagner plus,
pour acheter plus de conneries qu'on va
jeter plus, pour bouffer plus,
pour crever plus !
ça serait mieux que Sarkozy réfléchisse plus,
pour se taire plus !

Le Cabriolet

Le cerveau,
ça marche jamais.

Le Buis

Y a des pays, ils bouffent les chiens,
et les vieux ils font des grattouilles
aux iguanes.

Les Planeurs

Moi, le cholestérol, j'en bouffe plein, j'ai rien.

Le Buron

Un beau chêne,
tu fais des meubles avec, un jour tu les fous
au grenier, tu peux pas refaire des arbres
vivants avec les vieux meubles.

Le Taka Yalé

Avec tout ce qu'on picole,
on devrait avoir des sponsors…

La Mésange

La raie du cul, c'est simple,
et pourtant ça marche.

Le Calice

Le caoutchouc, c'est un arbre,
alors que le plastique,
c'est une racine.

Le Bloc-Notes

La première éolienne qui te faisait
le chauffage gratuit, c'était le chapeau,
t'avais le coup de chaud
quand tu courais après dans le vent !

Le Café Courrier

Les couilles, c'est un groupuscule.

Le Monseigneur

La télé, c'est de la merde,
et avec l'écran plat c'est encore pire,
c'est de la merde écrasée !

Le Calendrier

Ah non, c'est pas la Journée du don de sang,
c'est la kermesse
de l'école.

La Bouteille d'Or

Le métro à la station les Halles,
c'est la station debout du primate.

Les Canisses

Le bac, ça sert à rien, d'ailleurs,
ça se voit même pas que je l'ai pas.

Les Bruyères

Quand je bande, c'est même pas
le smig.

Les Pédalos

Sarkozy, tout ce qu'il fait, il le rate !
le mieux, pour lui, c'est travailler moins
pour réussir plus.

Les Planètes

Quand on mesure l'intelligence de
quelqu'un, si elle a pas la taille,
faut la remettre à l'eau.

Le Manchot

Souvent, l'air intelligent,
ça fait une tête de con.

L'Herminette

Ce qui bouffe le plus de pétrole,
c'est la sardine.

La Patte d'Oie

Un nouveau riche chinois vaut un milliard
d'anciens pauvres chinois !

Le Bon Motif

Les spaghettis Panzani,
on s'en fout de la contrefaçon.

FMR Café

Les milliardaires, quand ils font le marché
de l'art, ils prennent
le cabas.

La Burette

Tu brûles un tableau de Picasso,
ça vaut plus rien, comme quoi Picasso
c'est pas Jeanne d'Arc non plus.

Le Bris Quard

L'art est en panne ! il n'y a plus
de coquelicots au bord des routes !

La Mutinerie

Le temps existe pas, le jour la
nuit c'est pas du temps, c'est des couleurs.

Le Capricorne

Van Gogh reviendrait,
tu crois qu'on lui rendrait son pognon ?
On lui cracherait à la gueule comme avant !
Il finirait au bistrot, comme avant !
Au vin rouge ! On se foutrait de sa gueule !
On l'appellerait Picasso !

Le Canif

Son clafoutis, toutes les cerises ont glissé
d'un côté, un quartier riche,
un quartier pauvre.

Les Pensées

Le premier mec qui a marché
sur la plage en regardant la mer,
c'est lui qui a inventé
le travelling.

Les Petits Papiers

C'est en refusant de servir les alcooliques
que tu vas faire avancer les déserts !

La Bobine

Même un canard que tu gaves à mort
il va faire du bon gras
et pas de la mauvaise cellulite.

Les Luzernes

Un cadran solaire, moi je le fous à l'ombre,
et je me recouche.

Le Massif

Les pires OGM qui existent, c'est nous,
au début on était des poissons !

Le Parnasse

Le baccalauréat, nous, à l'époque,
on disait, le bachot, l'opéra,
on disait l'apéro.

Le Pantin

Quand tu pisses dans les fougères,
c'est ta bite qui a la plus belle vue.

La Papillote

Un vieux assis sur le trottoir au soleil
toute la journée, une pipe dans la bouche,
t'as quasiment un cadran solaire.

Le Boléro

Les 24 heures du Mans, si c'est nous,
c'est le marathon des rillettes…

Le Bout Rimé

T'as déjà regardé un chou-fleur ? non ?
t'as tort ! tu reviendras me parler quand
t'auras regardé un chou-fleur !

Le Canton

Le voyage intérieur ? moi je m'assois pas,
je reste debout.

Les Mulets

À cheval, tu ne peux pas prendre l'autoroute, parce que c'est un véhicule non immatriculé.

Le Bouquet

Trop bon, trop con !
comme disait Gandhi.

La Mandragore

La petite tour Eiffel en doré, tu peux la poser sur un coin d'étagère, alors que la Grande Muraille de Chine en plastique, y te faut déjà le buffet d'un mètre.

La Manne

Depuis qu'il a été opéré du poumon, il lui faut un sherpa pour monter les courses.

Le Cocon

Si t'es classé patrimoine mondial de l'Unesco, tu peux plus jamais faire des travaux.

La Pagaille

Je serais un grand pianiste, je pleurerais
en me torchant le cul.

Le Paquebot

Pour aller donner mon sang
faut que je prenne la bagnole, ça me fait
le don d'essence du même coup.

Le Campus

Comme je l'ai pas fait depuis longtemps,
j'ai l'impression que je saurais
plus conduire saoul.

Le Bidule

C'est un vieux, on comprend jamais
ce qu'il dit, parce que tout ce qu'il parle,
c'est en arrière-pays.

Le Bouquet

Si j'avais plus que cinq minutes à vivre,
j'irais acheter le pain.

Le Gros Bourdon

Un mariage, c'est la grande fête d'une vie,
faut pas que ça parte en eau de boudin,
comme au baptême
de mon neveu, on aurait dit la fête
de la bière…

Le Ponton

Quand on mange avec ma femme on se tait,
c'est pas pour regarder une bonne femme
qui bavasse les infos de 20 heures
sur la une !

La Montagne Bleue

Les femmes sont plus dans la vie de tous
les jours, c'est bien pour les informations
régionales, alors que les hommes sont plus
dans les guerres, on a fait l'armée,
c'est mieux pour les informations nationales.

Le Martin-Pêcheur

Une bonne femme qui présente le 20 heures
tous les jours c'est qu'elle aime pas
ses gosses !

Les Poulbots

Le téléphone portable, ça te donne le cancer du cerveau, alors qu'avec le fixe, le cancer, il reste sur le bureau.

Le Jumelage

Ni Dieu ! Ni maître ! Ni Jésus ! Ni contremaître !

Le Marmiton

Quand je suis né, mon vieux, il a pas voulu me reconnaître, parce que j'avais un goût de bouchon.

La Flambée

Ils ont supprimé la peine de mort, sinon en attendant qu'on coupe ta tête, tu pouvais faire des sudokus.

Le Delta

Tu nais en Afrique, t'es noir, tu nais au Japon, t'es jaune, tu nais en Suisse, t'es blanc, c'est pas toi qui choisis la couleur, c'est l'ambassade.

Le Penalty

Le piano-bar, tu t'appuies au bar,
après minuit, tu t'appuies au piano.

La Garenne

Un coup de couteau dans le front !
la lame elle s'est cassée,
j'ai toujours le bout planté là,
quand on regarde la radio,
on dirait une tête de mort avec
un bout de fer entre les deux yeux !

Le Bungalow

« Tout ce que je sais, c'est que
je ne sais rien », c'est Jean Gabin
qui chantait ça, mais avant,
c'était Socrate.

Le Boute-en-Train

Dans une huître tu fous une moule, une
crevette, un oursin, un bulot, un bigorneau,
t'as une cellule dans une prison française.

Le Caniche

L'Himalaya, c'est le toit du monde,
la cave, c'est la Bourgogne.

Les Bleus Bar

Si on veut pas que la Turquie entre
dans l'Europe, je vois pas pourquoi
elle joue l'Euro ?

Au Ciel Bleu

C'est pas plus un exploit de mourir
supervieux que naître superjeune !

La Niche

C'est normal la messe en latin,
c'est comme les Beatles en anglais.

Califourchon

Pour sauver la planète, faudrait jeter
le bébé et garder l'eau du bain.

Les Loustics

Moi et ma femme on est un « monsieur
Tout-le-monde ».

Le Barracuda Bar

Les émissions littéraires à la télé,
c'est aussi con que le foot à la radio.

Le Piolet

On croit que Paris c'est grand
mais tu prends Paris, tu le mets
à Bombay, ça fait le petit
quartier français.

Le Projet

La langue de Cervantès, c'est d'abord
la langue de Fernandez !

Les Camelots

Mozart est réincarné en oignon,
c'est pour ça qu'on pleure
en épluchant.

La Cagnotte

Quand j'entends le chant des sirènes,
chaque fois c'est les flics !

La Binette

Avant pour savoir l'heure
fallait sortir regarder le soleil,
mais maintenant avec le réveil,
c'est comme si t'as l'heure
au robinet.

Les Piécettes

Istanbul, ça serait en Chine,
ça changerait rien.

Big Bang Bar

Quand les missionnaires faisaient
communier les Africains, au moins,
l'hostie, ça leur faisait un repas
par semaine.

Au Marin-Pêcheur

Chez les aveugles, les cellules grises,
elles sont blanches.

Les Bénéfices

Mes chaussures, je les laisse au pied du lit,
elles jouent mieux que
les Bleus.

La Marraine

Pour le routier, son camion, c'est sa maison,
les pneus, c'est sa femme et les cinq gosses.

La Pichenette

Au pôle Sud, t'as la mer bleue, les palmiers,
les restaurants de poissons, les perroquets,
logiquement, t'as pas plus au sud.

Les Récoltants

Recta ! tous les printemps, première grosse
cuite, il perd sa casquette, il en rachète une,
pareil que un serpent qui fait sa mue.

Le Petit Jour

Une prison sur la lune, faut un peu plus
qu'un hélicoptère au-dessus de la cour
pour t'arracher de là.

Le Perce-Neige

Tu lui donnes un euro, il le boit, deux euros, il les boit, cinq euros, il les boit, faut pas qu'il gagne un milliard au Loto lui…

Le Bizarre

C'est pas la peine de passer son bac si c'est pour mourir en voiture après la « Soirée Bac » au Styliss !

Le Cachalot

Ma mère, c'était une jeune femme en terre battue alors que mon père, il a toujours été en labour.

Les Motards

Franchement, il ferait mieux de donner son sang plutôt que le pisser du nez chaque fois qu'il prend un coup de boule au Blue Night !

La Mouche

J'ai ma connerie bien tannique, c'matin !

La Pioche

Le plus grand créateur de parfum sera toujours moins fort qu'une bête qui reconnaît l'odeur de son bébé à cent mètres.

La Belette

Sarkozy, il est pour la loi de la jungle, quand tu vois la gueule du lion !

Le Candide

Chez Jésus, c'est la lecture de la Bible qui a tout déclenché.

Le Match

La guerre d'Indochine, la guerre d'Algérie, quand t'as fait les deux, tu peux tout manger.

Le Capitaine

Bacchus, il devait pas lui rester beaucoup de points sur le permis !

Les Bourgeons

À l'hospice, les vieux, on les couche,
il fait jour, on les lève, il fait jour, la nuit
c'est plus pour les eux, c'est pour les jeunes.

Le Campagnard

Fête des Oignons, du Boudin,
de la Musique, fête des Vendanges,
fête des Lilas, en France tu pisses
sur tes chaussures, ça fait une fête.

Les Bégonias

Les vélos à la retraite, c'est facile
à reconnaître, ils ont les sacoches.

La Caravane

Le lycée de Gaulle, faut faire minimum
un mètre quatre-vingt-dix pour être accepté.

Le Bonnet Rouge

Un SDF, tu l'assignes à résidence,
il est content le mec !

Le Panama

Le maçon qui trouve un trésor
dans le mur d'une vieille maison,
il a le droit d'en garder la moitié, alors
que l'archéologue, il faut qu'il
rende tout.

Cappuccino Café

L'Europe, elle est déjà faite, la choucroute,
t'y penses pas seulement quand t'es en
Allemagne.

Aux Pêcheurs

L'harmonica, c'est un instrument qui fait
garde-manger.

Le Parfum

On vieillit seconde après
seconde, minute après minute, pendant des
années, c'est un supplice chinois.

Le Perroquet

C'est pas à l'Éducation nationale
d'apprendre les langues étrangères !

Le Boniment

Le théâtre, c'est comme la veillée d'avant,
à la campagne, quand
y avait pas la télé.

Les Cancres

Nausicaa, c'est quoi ça ?
c'est un resto de poissons ?

La Caravelle

Au petit déjeuner, les vaches elles mangent
de l'herbe, alors qu'elles pourraient se traire.

Capitaine Crochet

La grève à la télé publique, la deux, la trois,
qu'est-ce qu'on s'en fout, on a deux cent
cinquante chaînes…

Le Petit Ramoneur

Le tsunami en Thaïlande, ça t'aura quand
même crevé un paquet de pédophiles
au passage !

Le Gâtinais

Les lionnes qui chassent,
elles pensent jamais à rapporter
des légumes.

Le Paratonnerre

On la reconnaît la maison de Abel Ferrara
à San Francisco,
elle est toute couverte de géraniums.

Le Patate Bar

La France aux Français !
les chenils aux chiens !
les coquilles aux escargots !

La Paluche

S'ils reculent l'âge de la retraite,
je m'en fous, moi les dernières années,
je me fais un potager
dans l'atelier.

Les Bavards

Un poisson qui nage toute la journée,
il a mal où ? il a des crampes
aux filets ?

Le Bas Rouge

Avec l'ordinateur, y en a plus
des gratte-papiers, c'est des cybergratteurs.

Le Bosco

Quand on connaît la Guyane, la fusée
Ariane, elle a dû en embarquer
dans l'espace des moustiques.

Le Tapis Vert

T'imagines un jour on découvre un bébé
plein de pétrole ?

Le Miniature

Les historiens, ça mange tout le temps froid.

La Méduse

Un jour on paiera l'air qu'on respire,
ils nous mettront un compteur bleu dans
les trous de nez !

Le Car Ferry

En plus des restos du cœur, faudrait
les cuves à mazout du cœur…

Les Cargos

Je fais boire de la bière au chien, comme ça
il me fout la paix pour la promenade !

Le Commode

Heureusement que quand on grille
des calories, ça sent pas la bouffe.

Les Colonnes

J'ai envie de me tuer mille fois par jour !
je le fais pas, sinon tu verrais.

Le Paris

Il se met toujours au bout du comptoir,
il boit toujours la même chose,
il bouge pas de la journée,
c'est pour ça qu'on l'appelle
Road Movie.

La Baïonnette

Johnny Hallyday, il peut demander
des autographes à personne.

Pacific Bar

C'est jamais beau les genoux,
c'est fait pour tomber dessus.

Le Palatin

Un jour on aura tous l'Alzheimer,
alors l'âge légal de la retraite,
ils pourront nous dire ce qu'ils veulent…

La Cannette

Un beau potager, c'est un vitrail d'église
posé par terre.

Le Perchoir

Les gaz lacrymogènes, c'est romantique, c'est de la merde de cochon qu'il faut lancer sur les manifs !

Le Vegas Café

Dix pour cent des médicaments qui sont à vendre, c'est des faux, et les maladies, c'est encore pire.

La Carpe Centenaire

L'Euro de football, moi j'aurais fait jouer que la France, l'Angleterre, l'Allemagne, et l'Italie, même pas le Portugal !

Le Picador

Avec la route des vins d'Alsace, la route des vins de Bourgogne, la route des vins de Bordeaux, comment tu veux boire du vin et pas conduire ?

Café Panic

Il te faut un système solaire et un jardin
si tu veux des poireaux.

La Cannette

Dans un million d'années,
nous aussi on en sera devenu
du paléolithique.

Santa Fé

Un bébé conçu dans une éprouvette,
faut pas s'étonner si plus tard
il picole.

La Pipe en Terre

Le meilleur moyen de picoler
sans prendre sa voiture, c'est le
wagon-bar.

Piccolo Bar

On bouffe, on grossit, on bouffe pas,
on maigrit, y a pas plus capitaliste que
le corps humain !

La Bonne Aventure

Tout le temps que les villes sont éclairées la nuit, on va finir par avoir des ennuis avec les extraterrestres.

Le Carnet

La spirale de la faim, ça fait penser au gâteau chocolat Vandame.

La Petite Fiole

Si les poils poussent pas à l'intérieur du corps, c'est qu'ils ont besoin de lumière.

Le Remontalou

La femme, elle a un cerveau plus mousseux.

L'Aventure

Consommer avec modération, ça veut rien dire, ça dépend combien tu pèses.

L’Entre Potes

Dégueuler sur le quai, oui, mais dans
le train, non, c’est ma devise.

Le Killy Jen

Frites à volonté, gras toute l’année !

Chez Lam

Mais oui ! je te dis !
les estampes japonaises, c’est de l’encre
de Chine !

L’Or en Bar

Le slip kangourou, tu mets le gosse dans
la poche devant comme eux y font,
tu pars direct en taule.

Le Bistro Saint-Antoine

Sur une carte postale, on devrait pas mettre
le timbre puisque y a déjà l’image.

Le Pasteur

Déjà qu'on entend le cœur qui bat,
les poumons qui sifflent,
si en plus on entendait le foie
qui gonfle et les reins qui se vident,
je sais pas si tu vois
l'immeuble !

La Caricature

C'est « In vivas véritas »,
qu'on voit ce que les gens boivent.

Les Deux Moulins

– Il fait quoi ?
– Il fait uniquement rien.

La Vieille Prune

Impossible de trouver un pot-au-feu
à Tokyo…

La Patrie

Vous auriez vu la fête de la musique place Saint-Michel, des papiers par terre ! Quelle honte ! C'est la décadence de la race humaine !

La Poule Rousse

Il fait des rognons de veau à ses copains alors qu'à moi il en a jamais fait !

Au Bois Sans Soif

Il s'occupe de la sécurité des personnalités, une fois il a gardé Donald quand Ronald Reagan lui a serré la main à Disney.

La Picholine

Les araignées, je ne les tue pas, et pourtant, j'en ai tué des dizaines.

Le Péché Mignon

Chaque fois que je me présente dans un bureau d'accueil, ils me foutent dehors…

Le Carbure

Tu tues quelqu'un, la vie elle s'arrête net, c'est pire qu'une voiture, à cent à l'heure y te faut au moins quatre-vingts mètres pour l'arrêter…

Le Melting Potes

Au musée de l'Homme, ce qui est bien,
c'est comment c'est écrit
les étiquettes.

La Gérance

L'homme, il est en viande,
même si tu vis tout le temps dans la nature
t'auras pas des poils en herbe.

Les Nébuleuses

C'est quatre ou c'est quarante
la semaine de travail, je me
rappelle jamais ?

La Buvette du Stade Léo Lagrange à Bondy

Allez, dis-nous un mensonge Pinocchio !

La Cambuse

Chaque fois que j'ai une demi-heure
d'avance, ça finit que j'y vais pas.

Bar Le Train Bleu

C'est amusant d'être un pigeon
dans une gare.

À l'Obstiné

Si les Américains se bouffaient entre eux,
ils auraient à bouffer
pour un million d'années !

L'Indirect

Ce qu'il faudrait pour l'Afrique,
c'est des robinets d'eau portables pareils
que les téléphones mobiles, tu fais un
numéro, ça coule.

L'Amulette

« Foie d'Aigle », si y a un rade encore
ouvert dans le coin, il va
le trouver…

Chez Pétrin

Le berger allemand obéit aux Allemands,
alors que le chien de berger obéit au berger.

Aux Abonnés

Quand on dit qu'on est tout seul, le tout,
il est en trop.

À la Niche

Avec le pastis, au moins tu sais
ce que tu bois.

Bambou Bar

Bon appétit ! en Afrique,
c'est du Coluche.

Le Jusqu'au Bord

Moi j'aime que les desserts,
le Génepi, le rhum, la prune,
la poire…

Au Carnaval

Moi j'entends pas quand je pète au lit,
je suis pas gardien de nuit.

Le Navire

Un bouquin, si au bout d'une ligne c'est pas intéressant, j'arrête tout de suite.

L'Allongé

Une merde de une heure à la télé, ça me dérange pas, alors que même pas cinq minutes au théâtre j'y vais jamais mais je pourrais pas !

Les Planteurs

Avec POLICE, on peut faire PICOLE.

La Page Blanche

Un bar sur la lune, tu te casses la gueule dans l'escalier en descendant aux chiottes, tu rebondis.

La Civette

Manu Chao, c'est un lutin, tu l'enfermes dans la lampe d'Aladin, il te fait un concert dedans !

La Pampa

Quand il fait chaud, pas de vent, les champs de blé, c'est déjà la croûte du pain.

Carbone 14

La météo, l'horoscope, le programme télé, moi dans le journal je lis que le quignon.

Le Poussah

Sur un livre de cuisine en braille, les œufs en neige, c'est trois points en forme de montagne.

Le Patatras

Sur la pyramide, t'as pas des petites plaques en marbre avec marqué « à notre pharaon adoré », « à notre ami, regrets éternels », « à notre fils chéri »…

La Causette

Quand il est saoul il est gentil, à jeun c'est un enculé, c'est un marin, vaut mieux l'avoir à marée haute…

La Perle

Il boit comme il respire, avec la bouche
et avec le nez !

Le Cartable

Tu veux l'empêcher de boire, il se débat
comme une truite que tu sors de l'eau !

La Cassette

C'est de la musique militaire
que je foutrais dans
les mariages !

Les Peupliers

Avec ce qu'il boit comme Ricard,
sa matière grise,
elle est jaune.

Les Carreaux

L'alcoolique a horreur du vide !

Le Percheron

Avec ma grand-mère, c'était toujours un petit doigt de porto, un petit doigt de porto, t'avais l'impression qu'elle avait dix mains.

Le Cartel

J'aime bien les métiers où on voit ce que tu fais comme la boxe.

Chez Ping

L'oxygène qu'on te donne à l'hôpital, il sent pas le sous-bois…

Les Casiers

On va changer de planète comme des doryphores changent de patate !

À la Coquille

En école de voile, on t'apprend à te servir du vent, ça fait léger dans le cartable.

Les Castagnettes

Si on te retire le permis, honnêtement, ils devraient te rembourser l'auto-école.

Le Bar de l'Écluse

C'est important d'avoir des valeurs, comme la main dans les cheveux quand t'aime bien quelqu'un.

Les Troubadours

Dans un nain, tout est plus petit, pour que ça rentre.

La Marmaille

On dépense plus pour la bagnole que pour les gosses, alors que c'est quand même les gosses qui t'emmènent le plus loin…

À la Chance

– Moi, je suis d'accord avec la semaine de travail de quarante heures.
– Toi, dis pas les mots que tu connais pas.

Le Premier à Droite

La radio j'écoute pas, la télé je regarde pas,
le journal je le lis pas, comme ça,
je suis pas influencé.

Le Débarcadère

Le mécano, il a des mains de mécano,
le chanteur, il a des mains de quoi ?

Chez David et Jovial

Au théâtre, on a toujours mal au cul.

Le Nord-Sud

La mauvaise haleine, c'est l'historique
de navigation de
la bouche.

La Perspective

Je suis mère porteuse, c'est toujours moi
qui monte les courses.

L'Alésia

Depuis qu'on a des télés avec écran géant,
on voit plus un seul reportage
sur les pygmées.

Le Poney

Un vieil œuf, il pue, mais il est pas ridé,
nous on fait les deux.

Le Basset

Les émissions sur les animaux,
c'est bien, c'est pas sale.

Le Chevalier d'Éon

Un double Ricard, c'est une tempête
dans un verre d'eau.

Le Piano

Perdre la vie ?!
la vie, c'est pas des clefs
de bagnole…

La Baïonnette

Le temps de travail,
c'est deux concepts complètement
différents, même ils sont opposés…
le temps… et le travail…
qu'est-ce que tu bois ?

Les Névés

Ma grand-mère,
elle vendait des œufs sur les marchés,
mais elle gardait ses ovules !

Le Bienfaisant

Les congés maladie, moi j'entends
que le mot congés.

L'Éperon

Faudrait que les cars soient guidés par des
satellites, comme ça tes gosses seraient
amenés en colonie de vacances par le ciel.

Le Plafond Peint

En vélo faut pédaler, t'as pas le temps
de faire autre chose.

À la Réforme

Au Qatar, t'as pas de cathares, c'est des Arabes.

Le Hors-d'Œuvre

Le Louvre, faut avoir faim, c'est buffet d'art à volonté !

Le Vercingétorix

Les Indiens, pareil que nous, ils avaient pas le droit de faire des signaux de fumée dans les lieux publics.

Barberousse

Les mères porteuses, elles veulent pas qu'on leur visse des poignées aux gosses non plus !

Le Dagobert

La gueule de bois, en plus j'ai perdu mon portefeuille, c'est la double peine !

Le Basque

Le cancer, il est pas à l'intérieur de toi,
c'est toi qui vis à l'intérieur du cancer.

Chez Casanova

C'est Bruxelles qui décide pour la pêche
du thon rouge, bientôt ils vont décider pour
le nombre d'arêtes aux sardines !

L'Apollon

Tous ceux qui vont au Pérou,
ils achètent un bonnet.

L'Amazone

Sarkozy, c'est Carla Bruni, Chirac,
c'est Carla Péro.

Le Carioca

À force d'être tout le temps debout
à surveiller les élèves,
les profs ont les mêmes varices
que les vigiles.

La Perche

Si je pouvais, la police municipale,
j'en foutrais dans la chambre des gosses !

La Californie

La cantine scolaire, on s'en fout des menus,
c'est pour jeter au plafond.

L'Alien

Mère porteuse, si c'est bien payé, c'est
dégueulasse qu'il y a que les femmes qui
puissent le faire.

La Paix

Quelqu'un qui a l'Alzheimer,
normalement, son ADN dit
plus rien.

Le Bayard

Pour la prostate, le docteur te met un doigt
dans le cul, dix ans d'études pour ça !

Le Delta

Comme il faut fumer sur le trottoir,
autant faire le café dehors et dedans
on fait des chambres.

Le Palmier

Le plus vieux dictateur africain,
c'est l'Afrique elle-même…

Les Canaries

Au-delà de un mètre quatre-vingt-dix,
tu devrais avoir des aides de l'État
pour les fringues.

Le Dallas

Une fraise qui vient du Chili,
il faut un camion jusqu'à l'avion, un avion,
un autre camion pour aller jusqu'à Rungis,
une camionnette pour aller
au magasin de fruits et légumes,
il lui faut pareil
que pour les Rolling Stones en tournée !

Le Jean Bart

Vingt-six degrés au thermomètre,
ça veut dire, vingt-six litres de chaleur
pour cent litres d'air.

L'Aubaine

Pour les vieux, on dit les seniors,
pour les morts, on va dire quoi ?
les superseniors ?

La Bonne Surprise

J'ai un pote qui est en cabane,
j'ai regardé dans les pages jaunes pour lui
écrire, mais y a pas les prisons.

L'Alouette Bar

Jeannie Longo, elle a les muscles
des guiboles tout durs, faut la faire en coq
au vin cette femme.

Les Ministères

Les oiseaux migrateurs, on va pas les
ramener dans leur pays en avion !

Le Bon Pronostic

Le cadre autour de la Joconde,
il croit que c'est lui qu'on photographie.

Le Garde-Bière

Les gens qui marchent sur les pelouses,
ils mériteraient d'avoir des poux !

L'Anisette

Son chien, je sais pas ce qu'il mange,
il a la même haleine des deux bouts.

Les Pavots

Un copain de bistrot,
ça vaut deux copains de boulot.

La Perdrix Rouge

Tu devrais mettre deux comptoirs l'un
sur l'autre, tu sers les gens qui sont petits,
en même temps tu sers les grands qui sont
au-dessus des petits, tournée double…

Les Pervenches

Tout le temps qu'on passe à boire debout,
on pourrait être des arbres.

Les Fleurs du Bien

J'ai mon foie qui filtre plus rien,
on dirait la frontière espagnole…

L'Escurial

Les cafés, ça devrait être classé réserves
naturelles !

Café Bistrot

Comme on dit au théâtre, rideau !
on ferme !

L'Équateur

L'avant-dernier pour la route !
le dernier pour le bas-côté !

Café Bulle

Faut fermer à deux heures, c'est l'heure légale, mais nous on veut jamais arrêter de picoler, c'est l'heure biologique.

La Licence

Allez hop ! allez boire ailleurs si j'y suis !

Le Bastingage

Je vais me mettre deux trois demis à emporter dans le bec comme les pélicans…

La Bonne Pioche

Le soleil a rendez-vous avec la lune ! mais la lune n'est pas là ! et le soleil l'attend ! en buvant son coup !

La Gironde

À force de nous foutre dehors tous les soirs, un matin, on reviendra plus.

Sous les Pavés

Il faut toujours qu'on aille boire ailleurs,
comme les nomades
du désert.

La Closerie

Je suis content.

Le Café de la Place

– Je suis content.
– Tu l'as déjà dit à la Closerie.

Fin. Et le café ferme. Les buveurs sortent. Lentement. La nuit est claire. La lune pleine. Elle flotte dans le ciel au-dessus de quelques nuages fins. Les buveurs lèvent le nez vers le ciel. Eh ! crie l'un, si y avait un café sur la lune, on le verrait d'ici ! La Lune est allumée ! répond l'autre, le café est encore ouvert ! Le café sur la lune ouvre pour eux. Un petit café, au centre de la lune, avec une porte rouge. Deux tables en terrasse. Un toit vert. On le voit nettement maintenant. De plus en plus précisément. On peut lire l'enseigne. LA LUNE. Bar-Tabac. A-t-on le droit de fumer sur la lune ? Bien sûr ! Sinon pourquoi y aurait-il un café tabac !? Sur la lune comme ici, on ne fume plus au bar, on sort sur le trottoir. Les trottoirs sur la lune sont blancs. Tout recouverts d'une fine couche de cendre. C'est elle qui descend sur notre terre quand la lune étincelle. La fameuse lumière cendrée de la lune. Les buveurs bavards qui ne peuvent se quitter, qui ne veulent pas rentrer, en ont dans leurs cheveux. Cette lumière cendre de lune leur donne quelques années de plus. Ils parlent fort. Ils rient. Parlent de lumière. Si la vitesse de la lumière c'est trois cent mille kilomètres seconde et que le son ça va à mille, comment ça se fait qu'à la télé on a l'image en même temps que le son ?! Le patron du café sur la lune crie, du calme ! on ferme ! rentrez chez vous ! allez dormir ! bande d'alcooliques !

Et la lune, d'un coup, s'éteint.

La nuit se fait noire. Épaisse. Lourde comme un rideau de théâtre. On ne voit plus la rue.

Les buveurs s'éparpillent.

On les entend qui se lancent, de loin en loin, pris de fou rire… à demain ! les alcooliques !

Jean-Marie Gourio

DU MÊME AUTEUR

Merci Bernard
(en collaboration)
Balland, 1984

Autopsie d'un nain
roman
Ramsay, 1987

Brèves de comptoir
Michel Lafon, 1987 à 1998

Tue-tête
roman
Bernard Barrault, 1989

Palace
(en collaboration)
Actes Sud, 1989

La Carte des vins
roman
Michel Lafon, 1993

Vous me croirez si vous voulez
Flammarion, 1993

10 000 Brèves de comptoir
tome 1
Michel Lafon, 1993
et « J'ai lu », n°3978
tome 2
Michel Lafon, 1995

Les Coccinelles de l'Etna
roman
Gallimard, 1994

Chiens de comptoir
avec Blandine Jeanroy
Michel Lafon, 1996
et « J'ai lu », n°4699

Chut !

roman

Prix populiste 1998

prix Alexandre-Vialatte 1998

prix Bacchus 1998

Julliard, 1998

et « Pocket », nº 10521

L'Eau des fleurs

roman

Julliard, 1999

et « Pocket », nº 10980

Brèves de comptoir

théâtre

Grand Prix de l'humour noir

Julliard, 1999

Les Nouvelles Brèves de comptoir

théâtre

Grand Prix de l'Académie française du jeune théâtre 2000

Grand Prix de l'humour noir

Julliard, 1999

10 000 Brèves de comptoir

tome 3

Robert Laffont, 1999

Chiens de comptoir

avec Blandine Jeanroy

Julliard, 2000

Chats de cuisine

avec Blandine Jeanroy

Robert Laffont, 2000

Brèves de comptoir

texte intégral

Robert Laffont, coll. « Bouquins », 2002

Apnée

roman

Julliard, 2006

et « Pocket », nº 12826

Brèves de comptoir, l'anniversaire !
Robert Laffont, 2007
et « Pocket », n° 13695

Les Quatre Saisons des brèves de comptoir
vol. 1 : Le printemps
Pocket, n° 13631
vol. 2 : L'été
Pocket, n° 13632
vol. 3 : L'automne
Pocket, n° 13633
vol. 4 : L'hiver
Pocket, n° 13634

Les Nouvelles Brèves de comptoir
vol. 2
Robert Laffont, 2009
et « Points », n° P2588

Brèves de comptoir
adaptation théâtrale avec Jean-Michel Ribes
vol. 1 : Une journée
vol. 2 : Une année
vol. 3 : Une semaine
Actes Sud Papiers, 2010

Un café sur la Lune
Julliard, 2011
et « Points », n° P2777

Sex Toy
Julliard, 2012

RÉALISATION : IGS-CHARENTE-PHOTOGRAVURE À L'ISLE-D'ESPAGNAC

CPI BUSSIÈRE

Cet ouvrage a été imprimé en France par
CPI Bussière
à Saint-Amand-Montrond (Cher)
en septembre 2012.
N° d'édition : 103795-4. - N° d'impression : 123491.
Dépôt légal : novembre 2010.

Éditions Points

Le catalogue complet de nos collections est sur Le Cercle Points, ainsi que des interviews de vos auteurs préférés, des jeux-concours, des conseils de lecture, des extraits en avant-première…

www.lecerclepoints.com

DERNIERS TITRES PARUS

P2464. Mais le fleuve tuera l'homme blanc, *Patrick Besson*
P2465. Lettre à un ami perdu, *Patrick Besson*
P2466. Les Insomniaques, *Camille de Villeneuve*
P2467. Les Veilleurs, *Vincent Message*
P2468. Bella Ciao, *Eric Holder*
P2469. Monsieur Joos, *Frédéric Dard*
P2470. La Peuchère, *Frédéric Dard*
P2471. La Saga des francs-maçons
Marie-France Etchegoin, Frédéric Lenoir
P2472. Biographie de Alfred de Musset, *Paul de Musset*
P2473. Si j'étais femme. Poèmes choisis
Alfred de Musset
P2474. Le Roman de l'âme slave, *Vladimir Fédorovski*
P2475. La Guerre et la Paix, *Léon Tolstoï*
P2476. Propos sur l'imparfait, *Jacques Drillon*
P2477. Le Sottisier du collège, *Philippe Mignaval*
P2478. Brèves de philo, *Laurence Devillairs*
P2479. La Convocation, *Herta Müller*
P2480. Contes carnivores, *Bernard Quiriny*
P2481. « Je démissionne de la présidence », *suivi de* « Un grand État cesse d'exister » *et de* « Un jour je vous le promets »
Richard Nixon, Mikhaïl Gorbatchev, Charles de Gaulle
P2482. « Africains, levons-nous ! », *suivi de* « Nous préférons la liberté » *et de* « Le devoir de civiliser »
Patrice Lumumba, Sékou Touré, Jules Ferry
P2483. « ¡ No pasarán ! », *suivi de* « Le peuple doit se défendre » *et de* « Ce sang qui coule, c'est le vôtre »
Dolores Ibárruri, Salvador Allende, Victor Hugo
P2484. « Citoyennes, armons-nous ! », *suivi de* « Veuillez être leurs égales » *et de* « Il est temps »
Théroigne de Méricourt, George Sand, Élisabeth Guigou

P2485. Pieds nus sur les limaces, *Fabienne Berthaud*
P2486. Le renard était déjà le chasseur, *Herta Müller*
P2487. La Fille du fossoyeur, *Joyce Carol Oates*
P2488. Vallée de la mort, *Joyce Carol Oates*
P2489. Moi tout craché, *Jay McInerney*
P2490. Toute ma vie, *Jay McInerney*
P2491. Virgin Suicides, *Jeffrey Eugenides*
P2492. Fakirs, *Antonin Varenne*
P2493. Madame la présidente, *Anne Holt*
P2494. Zone de tir libre, *C.J. Box*
P2495. Increvable, *Charlie Huston*
P2496. On m'a demandé de vous calmer, *Stéphane Guillon*
P2497. Je guéris mes complexes et mes déprimes
Christophe André & Muzo
P2498. Lionel raconte Jospin, *Lionel Jospin*
P2499. La Méprise – L'affaire d'Outreau, *Florence Aubenas*
P2500. Kyoto Limited Express, *Olivier Adam*
avec des photographies de Arnaud Auzouy
P2501. « À la vie, à la mort », Amitiés célèbres
dirigé par Patrick et Olivier Poivre d'Arvor
P2502. « Mon cher éditeur », Écrivains et éditeurs
dirigé par Patrick et Olivier Poivre d'Arvor
P2503. 99 clichés à foutre à la poubelle, *Jean-Loup Chiflet*
P2504. Des Papous dans la tête – Les Décraqués – L'anthologie
P2505. L'Étoile du matin, *André Schwartz-Bart*
P2506. Au pays des vermeilles, *Noëlle Châtelet*
P2507. Villa des hommes, *Denis Guedj*
P2508. À voix basse, *Charles Aznavour*
P2509. Un aller pour Alger, *Raymond Depardon*
avec un texte de Louis Gardel
P2510. Beyrouth centre ville, *Raymond Depardon*
P2511. Et la fureur ne s'est pas encore tue, *Aharon Appelfeld*
P2512. Les Nouvelles Brèves de comptoir, tome 1
Jean-Marie Gourio
P2513. Six heures plus tard, *Donald Harstad*
P2514. Mama Black Widow, *Iceberg Slim*
P2515. Un amour fraternel, *Pete Dexter*
P2516. À couper au couteau, *Kriss Nelscott*
P2517. Glu, *Irvine Welsh*
P2518. No Smoking, *Will Self*
P2519. Les Vies privées de Pippa Lee, *Rebecca Miller*
P2520. Nord et Sud, *Elizabeth Gaskell*
P2521. Une mélancolie arabe, *Abdellah Taïa*
P2522. 200 dessins sur la France et les Français
The New Yorker